Zehntausendundacht

Manfred Stangl

sonne & mond

Impressum:

Zehntausendundacht
eine Prophezeihung vom Ende der Menschheit, dem Aufblühen
der Natur und dem möglichen Wiederbeginn.
Manfred Stangl

edition sonne und mond
Wien 2o21

ISBN: 978-3-9505097-1-7

www.sonneundmond.at

www.pappelblatt.com

Cover: Gabriela Bina, „Triumph des Augenblicks"
Foto Rückcover: Tanja Zimmermann
Lektorat: Tanja Zimmermann
Layout und Satz: Mathias Hentz
Druck: bookpress.eu

Mit freundlicher Unterstützung

durch die MA 7 - Kultur

Zehntausendundacht

eine Prophezeihung vom Ende der Menschheit, dem Aufblühen der Natur und dem möglichen Wiederbeginn.

Manfred Stangl

sonne & mond

www.sonneundmond.at

Teil 1
Im Namen des Grases

1.

In der Chronik der Gräser stand zu lesen
(für Faune, Feen und die Feigenbäume
mit den großen, pfauenblauen Händen)
als die Welt zu Ende gekommen war
nach der gründlichen Reinigung des Regens:
Von den Bussarden im Faludital, dem Farn am Satzenstein,
dem Sitzstreik der Lilien, dem Netzwerk der Gewürznelken
und dass da kein Mensch mehr war.

Die Meinung der Mangos fiel neuerdings
wieder orange ins Gewicht.
Aufgehört hatten die Klagen der Kastanien;
mit den Menschen verschwunden waren auch
so manche Ziersträucher und die Gartenzwerge.
Die Zitronenbäume in den südlichen Gegenden
Nord- und ganz Mitteleuropas allerdings wucherten
wie endemisch und herbsauer schön.
Die Terrakottatöpfe gesprengt hatten sie ihre Wurzeln
in die feuchte, regennasse Erde gesenkt,
den Feigen war vorher schon entsprechend
warm gewesen, nun wuchsen sie südländisch Blatt an
Blatt, allerdings in Dimensionen, die kein Mensch je sah.
Hingegen wurden die Birken sehr vermisst
(hätten die Pilze gerne auf die Rinde geschrieben,
aber sie überlebten unterirdisch kaum länger).

Im Süden gedieh gar nichts mehr.
Einige Kakteen, zwei, drei Dornenstraucharten,
Steppengras, kaum ein Gebüsch, ein Drachenblutbaum.
Zum Süden aber später; hierzulande könnten ja vielleicht
noch Menschen existieren – in Höhlen oder

unter Wasserfällen; freilich: sie waren absent.

Auf den verzerrten Gesichtern der Wissenschaftler
hatte sich die zukünftige Leere gespiegelt;
ein wenig auch der Schrecken,
aber sehr viel zu fühlen schienen die Leute
damals nicht wirklich imstande gewesen.
Sie kalibrierten die Tabellen noch einmal nach,
schraubten ein wenig die Skalen höher,
gaben dann den Medien bekannt,
die Wissenschaft kenne die Lösungen..
Doch es blieb ein Rätsel, woher
die Sintflut an Wasser stammte, das die schon
vor Hitze brütenden Kontinente überflutete
und letztlich alles Land bis auf weiteres überrollte.
Als die Woge sich zurückzog, war da
keine Wissenschaft mehr, keine Computer, Logarithmen
oder gar Strom – Unmengen fließendes Wasser zwar,
aber keine Ingenieure mit Dämmen, es zu optimieren,
keine Technik und kein wie immer geartetes Geld.

Hatte nicht der Engel der Stille die Infamen gewarnt?
Hatten diese nicht Tränen gelacht
und erst gelangweilt auf Displays gestarrt,
wartend, bis wann der Spuk sich verzieht?

Als das Wasser buchstäblich bis zum Hals stand
wetteten sie noch auf den Höchststand der Pegel.
Einige begannen ihre sieben Sachen zu packen,
andere vermuteten einen Irrtum der Wolken:
wie konnte die Menschheit denn enden?
Wie konnte das höchste Geschöpf –
nicht die Krone der Schöpfung, denn an ein
Geworfen-Sein durch einen Gott glaubten sie nicht –

aber das höchste Wesen in seiner intellektuellen Potenz,
in seinem Fortschritt und Denken und Streben und Tun
so einfach vom Planeten verschwinden?
Außer selbst gewählt in einer Karawane zum Mars...
Doch selbst dieser höchst verlockende
Auszug der Menschheit,
zumindest des vermögendsten Teils der Eliten,
erwies sich als Irrtum in irgendeiner fünften Potenz:
über das Sonnensystem hinaus gab's kein Entkommen
die Narrenschiffe der Reichen strandeten im Vakuum
des Weltalls, das sie als längst berechnet geglaubt.
Keine Kolonie auf Trabanten oder Reihenraumhäuser
hielten längere Phasen an Sonnenstürme stand,
oder einer kleinen wütenden Schießerei gelangweilter
Söhne und Töchter der Neu-Planetarier.

Jedenfalls verzweifelten Hochrechner und Turbocomputer
bald am Umstand, dass das Ende so nah war.
Endlich hatte auch der Dschinn der Erde gemahnt,
dass die Hybris der Forscher sie beizeiten bloß fortspült –
sie hatten's weder hören wollen
noch nur ein bisschen geglaubt, und wie es ahnen?
Als schließlich der Erzengel der Meere
Seine goldene Posaune erhob, und Unüberhörbares
Schmetterte, wards für einen Moment Stille:
Dann brandete das Geschnatter, die Verleumdung,
die Gerüchte, die Suche nach dem Rechenfehler los.
Hirngespinst, Veitstanz, Schimäre hieß es, sei aller Glaube
an Mächte jenseits der Vernunft und der Zahlen.
Zudem sei bewiesen, das Klima zu bremsen sei machbar.
Drei Grad... 1m Wasserspiegel... höchstens –
einige Hundert Klimakonferenzen hernach
war dem allerletzten Einfältigen klar:
Alles gelogen: Theater für die Völker, hehre Ziele,

gängige Parolen, doch keinerlei Taten:
jederzeit und ewig sollte die Wirtschaft hoch leben,
und der Profit – der Untergang kam.

Wie hätten sie andere Pläne machen sollen?
Kinder des Zeitgeists, Jünger der Vernunft,
Apologeten der Digitalisierung, des Neoliberalismus.
Fortschritt hieß das Credo, um jeden Preis
wollen wir Reichtum.
Die Hybris der Technik lag in ihrem Glauben an sich selbst:
Die rettende Formel wird kommen, die Wälder werden
in der Wärme nicht faulen, die Wasser nicht steigen,
die Orkane sich bescheiden, das Plastik
von Insekten gefressen,
der Krebs durch die Chemie haushoch geschlagen...
Alles Blendwerk; sie hatten der Logik
der Apfelkerne nie vertraut,
zwangen die Erde zu wachsen, Kürbisse so groß, dass
Kinder drin spielten, vier Ernten statt einer:
welch unerhörter Gewinn,
welch Ansehen und unübertreffbare Karrieren;
welch unermessliche Macht.
Doch die Erden vergilbten, die Böden erstarben;
und dort, wo sie das Grüne eindämmten
vergewaltigten sie nicht bloß das Obst sondern den Mond
und alles Runde dazu.
Sie nannten ihre Gewalt Wahrheit, schlussendlich glaubten
Sogar die Frauen daran – begannen das eigene Fleisch
sich von den Knochen zu schälen,
verleugneten ihre Haare, die Größe der Augen, deren Glanz
und riefen: hoch lebe Konkurrenz, der Gewinn und das Ego,
bis keine Frau mehr kochen wollte für sich und die Liebsten
sondern schnurstracks ins Burnout marschierte,
(Männer standen ohnehin nie am Herd):

Fertigmenüs überfluteten die Regale.
Überall bloß allzeit erfolgreiche Geschäftsmänner
mit kurz geschorenem Haar im steifen Sträflingskostüm –
mit Krawatte; oder die Legeren, Marke Silicon Valley.
Statt kochen und Quicky der Freshy im Billa:
statt einen Salatkopf, dem Block Käs und der Dose Gemüse
nun pro Mahlzeit ein Becher aus Plastik –
Verpackungsmüll mal zehn und mal zwanzig Gewinne.
Die hippe Konsumentin steckt's ins Papiersackerl
und trennt bravourös zuhause den Müll:
das Gute fürs Töpfchen, 1o schlechte fürs Kröpfchen:
das Meer wollte weinen, doch würgte Kunststoff
die Kehle des Meers allzusehr.
Endlich barsten die Dämme – das Weinen ward Regen
und wanderte zielstrebig zurück auf das Land.
66 Meter später schwammen über Berlin Coffebecher:
Alles kehrt an seinen Ursprung zurück.
Allein das Wasser stieg weiter – Dampfwolken, Staub
und Landschaft ein einziges granitenes Grau.
Wüst nass und einsam lagen die Wälder, bevor sie zu
Flößen sich fanden und unaufhörlich in den Ozean trieben.

Zuvor waren da Zeichen gewesen:
Das Meer, das gegen die Küsten ankämpfte.
Die Hitze, die sich gegen die sophistischen Sätze
der Schamlosen stemmte.
Der Regen, der anschwoll wie Saphire aus Leid.
Die Fische, ertrunken in Plastik, im Müll dieser Welt.

Dann schenkte Gott seinen Liebsten Häuser aus Stein.
Dort hausten sie selig, riefen ihn
mit seinen schönsten Namen: Große Mutter, Steinpilz,
Jasmin, Jesus, Holunder, Buddha, Birne und Krishna;
und Hunderte andere gewaltig und klein.

Nicht zornig schleuderten sie Silben wie Blitze,
sondern betrachteten gleichmütig das selbstverschuldete,
einmütige Schicksal der Welt.
Kein Hass schwelte in ihnen, kein Rachegelüst;
da war nur Schönheit in ihren Augen,
Schönheit, wohin sie auch blickten
und das Wissen, dass nichts bleiben würde
was damals galt...

Oh – diese Stille:
Kein Motorenlärm, nicht das Summen der Computer,
schon gar kein Grundlaut mehr in der Stadt
nach Maschinen und Autos.
(Wiewohl die elektrischen ohnehin stumm
ihre Runden gezogen waren: schweigend über die
Masse an Ressourcen, die ihre Herstellung verschlang).
Das Zwitschern der Vögel verwaist,
kein Mensch, den es erfreute oder erweckte.
Die hohe Politik hatte sich an den Strohhalm geklammert,
ohne Plastikbesteck lebten wir länger;
allein: die Wirtschaft ersann immer den neuesten Schick –
Identitätsstifter für hungrige Konsumenten,
die im Design die eigene Gültigkeit fanden.
Irgendwie glaubten ja alle ans Wachstum:
Und die Lösungen für die Probleme folgten schon nach.
Jedoch war das Wahnsinn: nur Theorien, keine Wahrheit,
die hatte man sicherheitshalber ohnehin
für unerkennbar erklärt – die Fehler jedenfalls grassierten,
das Unwahre wucherte bis es zum Himmel stank.
Die verbrannten Urwälder Amazoniens
roch man noch in Europa.
Die Asche heizte das Klima entsprechend auf;
endlich stöhnte ein jeder, krächzte und klagte.
Bis zuletzt rechneten Wissenschaftler,

bis fast zuletzt interpretierten die Koryphäen
der Industrie die Ergebnisse um.
Bis zuallerletzt hofften die Leute,
kauften, optimierten und lachten von
ihren Handy-Displays.
Bis schließlich sie geknickt auf die Knie niedersanken.
Doch jetzt war's bereits fürs Beten zu spät.
Der Wind, die Eulen, der Duft des Lavendels –
alles wie immer – doch nichts war mehr gleich.

Die Städte starben als erstes.
Wie die Burgen des lang als finster verschrienen
Mittelalters standen sie hohl und verlassen im Wind.
Man umging sie, zeigte auf die Fanale der einst
furchterregenden Macht.
Mutige erklommen die Stahltürme
(die aus Glas waren Geschichte),
schlenderten über Brücken, lugten staunend
in unheimliche Schächte und Röhren.
Ein kleinerer Ort wurde als Schaustadt geführt.
Nicht lange: Tourismus gilt Menschen,
die ums tägliche Leben hart kämpfen, als
verzichtbarer Luxus – und was es dort zu holen hatte
gegeben, hatte die Natur sich lange schon zurückgeholt.
Von den Flachdächern rankten sich Efeu und Rosen.
Aus den hohlen Gebäuden winkten Bäume fröhlich heraus.
Sie fühlten, zu lange würden die Mauern nicht stehen,
und gaben mit den Wurzeln so manch kräftigen Ruck.
Rehe weideten in Parkanlangen, Füchse eilten umher,
selbst Wölfe waren zurückgekehrt
und trotteten mit den Bären.
Gespenstisch die Stille, doch auch überaus rein.
Nichtsdestotrotz stieg die Hitze nun fast täglich.
Einst hatte man sich noch übers jährlich

feinere Wetter gefreut, sowie die Wärme im Winter.
Nun – kein Thermometer, kein TV-Sender;
die Leute, die noch lebten, hatten anders zu tun.

1ooo Jahre nach dem Tod des großen Propheten übernahm
die Kirche in seinem Namen
die Kontrolle über die Sexualität;
weitere tausend Jahre später der Staat.
Es war nur zu konsequent.
Alle Verbindungen gekappt –
zur Großfamilie, zum Vater:
An deren Stelle war der Staat getreten.
Aber waren die Familienmitglieder
bezüglich Blutrache zu nahe am Geschehen
war der Staat zumeist zu weit weg.
Und mischte sich endlich durchs Gesetz unter d' Leut.
Das Intimste, Privateste, das den Menschen gehört,
außer ihrer Beziehung zum Göttlichen,
sollte durch beständig zu erneuernde Verträge
legitimiert werden:
kein Wunder, dass bald allen die Lust verging.
Wann ists Werbung, wann wird belästigt?
So genau weiß keiner den Unterschied,
nicht in einer Zeit, in der Partner mittels Computer
gesucht wurden, auf der Straße jemanden anzusprechen
galt als unfein – vielleicht für die wilden
Asylanten normal, speziell den schwarzen.
Aber im reichen sterilen Westen und Norden
galt Sex irgendwie als neue Gottheit:
stets allgegenwärtig, doch nie da, wenn mann s mal
wirklich brauchte.
Die Männer, ja, die waren lustig.
Rasierten die Beine, die Brust,
wollten sanft sein, modern, doch reichte es

bestenfalls zu matschig, und sehr oft zu faul.
Die Männer: die Wissenschaft hatten sie erfunden,
nun – Frauen hätten sicherlich die Waschmaschine
kreiert und den Trommelrevolver – der gleicht
so manche körperliche Schwäche rasch aus.
Aber hätten Frauen sich getraut, die Natur
bedenkenlos zu schänden?
Indem man Saatgut klonte, oder Hybride herstellte?
Natur erschuf? Keimungsunfähige Pflanzen.
Geld ohne Wurzeln?
Der Eingriff, der Missbrauch pur im Namen des Fortschritts
Und natürlich des Profits.
Die Natur zum Objekt degradieren,
sie verdrängen im Innern;
den Himmel entvölkern, die Engel weglachen –
im Fernrohr nicht sichtbar, ebenso wenig wie Gott.
Die Perseiden sieht wer vielleicht
und New Horizon reist jenseits des Pluto
findet keinerlei Gottheit, keine Engel,
doch Berge aus Wasser gefroren, am fernsten Planeten.
Als solcher galt Pluto noch als die Sonde losflog,
jetzt fotografiert sie Gesteinsbrocken im All.
Ja, ja, das Wasser: wie es in Kometenschauern
auf die Erde regnete, wussten die Wissenschaftler,
denn wie wäre Wasser sonst auf die Erde gelangt?
Da braust der Planet Erde durchs All, und wie direkt
auf sie gezielt, über Millionen von Jahren,
wallen Eismeteoriten heran und endlich
heißt er der blaue Planet: ja, wer `s glaubt...
Bestenfalls wäre Gott ein äußerst geduldiger Patter,
selbst hätte er mit einer universalen Schrotflinte
Eiskometen verschossen,
wären die allermeisten im Hinterland gelandet –
auf Alpha Centauri wahrscheinlich

oder den Perseiden.
Hach – wie schön jedes Jahr Mitte August der
Sternschnuppenregen den Himmel erleuchtet...
Schade, dass das keiner mehr sehen kann,
weil auf die Hybris des Mannes Natur zu bezwingen,
zu versklaven und zu schänden
ganz einfach der Untergang folgte.
Irgendwie wär's zum Lachen.
Da kamen dann die Wissenschaftler drauf,
vielleicht stimmen die Abgleiche doch nicht,
möglicherwiese kippt das Klima trotz aller Bemühung –
was ja für sich schon ein Witz ist,
denn niemand befleißigte sich wirklich,
die Emissionen zu senken –
und das Wasser könne höher steigen als erwünscht;
was die Wissenschaft bräuchte wären weitere Mittel,
das genauer zu berechnen – ha!
Was die Wissenschaft braucht ist ihr Ende.
Das Begreifen ihres Allmachtwahns, ihres Größenwahns
zu meinen, ihre Daten wären Fakten:
erstens ändern sich diese Daten seit Anbeginn
der Geschichte und zweitens führen Daten
nicht zum Guten.
Dass die Kirche Gott erkannt hatte, half ihr auch nicht
das Gute zu tun: Frauen wurden als Hexen verbrannt,
so die Männermedizin mit ihrem Sezieren
und der Gewalt etabliert – das Ganze, das Wesen,
das Heil aus den Augen verloren:
Nicht mit dem stärksten Teleskop, der schnellsten Sonde,
dem gewaltigsten Atommikroskop
lässt das Ganze sich finden.
Zerkleinert auf dem Glasplättchen ist eine Ulme tot,
zerstückelt unter dem Mikroskop ist ein Toter tot,
was mann zerschnipselt und dann wieder zusammensetzt

heißt vielleicht Frankensteins Monster:
davor warnte schon Frau Shelly; gruselt heut
kaum mehr, auch kein Allzombie mit Flugsharkgebiss,
nichts erschreckt: alles weiß man, alles kennt man.
Mit 17 schreiben sich Autobiographien am erfolgreichsten,
dabei hätte man sich nur umzublicken brauchen:
überall rafft der Krebs die Menschen hinweg
wie weiland die Pest – und erst Corona...
Dabei plustern sich die Wissenschaftler auf: der und jener
Durchbruch gelungen, der und jener Krebs bald restlos
zu heilen, die oder jene Impfung hilft zu hundert Prozent
gegen den Virus – wie lachhaft: so schmetterten die Priester
im frühen Mittelalter, als die Verstädterung, die Zivilisation,
der Fortschritt Pest und Cholera brachte, und das
je neuere Wundermittel oder Gebet emsig
angepriesen wurde – allein: nichts davon taugte.
Irgendwann entdeckte die Wissenschaft Bazillen,
gar ein Vormoderner lugte bereits durchs Mikroskop
und erblickte die Blutkörperchen als er Drachenblut
synthetisieren wollte im Kampf gegen die Pest.
Oh – in der Moderne lachten sie dann,
doch fand keiner den Bazillus gegen den Krebs.
Sie kämmten zwar all die Materie durch, suchten sie im
Reagenzglas und den Atomen,
doch noch hatte sich nicht herumgesprochen,
dass Nichtstoffliches eben nicht stofflich
und daher auch nicht sichtbar ist,
da hilft kein Wasserstoffmikroskop, keine Genschere –
die Lösung liegt auf einer anderen Ebene:
der immateriellen.
Doch diese gibt es nicht für die Wissenschaft
– die eitle dickgepuderte Dame –
obschon sich Ärzte in Akupunktur ausbilden lassen –
von welchen Scharlatanen übrigens?

Denn die westliche Wissenschaft kennt keine Meridiane,
keine Energiebahnen oder sonstig Abstruses
das sei alles Hirngespinst der Spiritualisten,
selbst wenn diese seit Jahrtausenden die Nadis
und Chakren erforschen.
Der westlichen Medizin gilt Lebensenergie,
Reiki, Chi, Prana nichts, daher dürfte nirgends
Akupunktur ausgebildet werden als in Asien.
Naja – sie verdienen halt Geld mit den Behandlungen,
da wird die Wissenschaft gnädig, sogar wenn's gegen
all ihre Grundlagen verstößt...
Zurück zum Ende: wie hatten sich die Menschen
anmaßen können, Natur zu manipulieren?
Nun: Züchtung war schon Eingriff, aber eben irgendwie
gewachsen, roh zwar, aber nicht sengend, derb und grob
aber nicht Schändung. Mendels Gesetz?
Naja: es war eher ein Naturgesetz, letztlich wie alle
Gesetze des Göttlichen,
selbst die Gencodes und die Doppelhelices –
allein: das Geheimnis des Atoms zu entschlüsseln heißt
nicht, Atomraketen abfeuern zu dürfen
und sie taten 's doch...
Den Gen Code zu begreifen heißt nicht, mit Genscheren
Sequenzen ausschneiden und „passendere"
einfügen zu dürfen; doch sie taten 's – wie sie feierten:
Das Weizengenom entschlüsselt.
Jetzt können wir Gene für den ertragreicheren
Weizen einfügen.
Die Menschheit gerettet, der Welthunger besiegt: Was?
Was wirklich? Interessiert wirklich einen Wissenschaftler
der Hunger?
Vielleicht einen, oder eine Handvoll.
Wenige aus dem Westen, dem Norden.
Jedenfalls gings darum nicht.

Bestenfalls wer das neue Patent auf die ertragreiche
Fortschrittssorte erheben darf.
Und damit Monopole gründen.
Auf Kosten der verfälschten Natur.
Glaubte damals wirklich wer, das ginge ewig so weiter?
Die Bauern müssen Saatgut erwerben von den
Naturmaschinenherstellern,
selber können sie nicht züchten, nicht auswählen –
alles gibt der Großkonzern und seine Wissenschaft vor...
(wer bezahlte wohl die großangelegten Studien?)
Und wir, wir kauften die Produkte, und glaubten,
`s wäre alles eh so natürlich.
Ja, natürlich – als ob die Sojaweiden in Südamerika,
das Futter für unser Schlachtvieh nicht existierten,
als ob die genveränderten Futtermittel nicht schon längst
in unseren Körpern wucherten, Wachstum anregten,
weil Wachstum das Credo
des Fortschritts und der Industrie lautet...
Und was ist Folge des ungezügelten Wachstums?
Natürlich der Krebs.
Und erst die Wirkung des Plastiks: Nachgewiesenermaßen
verweiblichend, krebserregend sowieso,
und Kampagnen wurden gefahren gegen die Plastikwirbel
im Meer, gegen die 3oo Plastikpartikel, die jeder von uns
mit einem Meeresfisch zu sich nimmt,
oder sind es 6oo?
Oder wird die Wissenschaft morgen andere Zahlen nennen?
Und überhaupt.
Die Plastiksackerl wurden weniger, die Peds –
doch die Kaffeebecher, die Plastikschalerl in den
Supermärkten für ein Einwegleben, und anderes originelles
Verpack überschwemmten stattdessen die Meere
und endlich dann uns.
Solang die Wirtschaft kapitalistisch organisiert war,

solange galt der Profit als ausschlaggebend, nicht die
Gesundheit, nicht die Moral – überhaupt kein Wert
hatte Bestand
neben dem des Profits.
Was es einst an Werten gegeben,
hatten die Fortschrittlichen in Politik und Literatur
mitabgeschafft.
Es lebe der Fortschritt, Werte sind
konservativ und bedenklich.
Alles Neue ist gut.
Bis man begriff, dass das meiste Neue schlecht war:
Für die Gesundheit, die Psyche, den Menschen, die Natur.
Aber da war es längst zu spät.
Man hatte verstanden, auch die
Kommunikation wäre wichtig.
Miteinander reden, lachen, Geschichten erzählen –
nicht Bildchen senden einer
zu Schnappschüssen verkleinerten Welt.
Wo lebt es sich zwischen dem Augenblick, dem Dasein,
dem Erleben und der Abbildung desselben –
schnell weitergeleitet zu zeigen, wie toll es sich lebte...?
Zwischen der Wirklichkeit und dem Bild davon
blieb gerade soviel Platz,
dass sich gut Krebszellen bilden konnten,
und das Geschwür der Sinnlosigkeit, der Dauerdepression
und der Angst.
Wo man in keiner echten Welt lebt, wie sollte man da
Wirklichkeit ertragen können?
Der Krieg vertrieb die Menschen aus Syrien.
In Afghanistan herrschte brutalerer Krieg
als damals in Vietnam.
Doch die Flüchtlinge galten bloß als Kriminelle bei uns.
Durften besser nicht in den europäischen Häfen anlegen.
Alles so normal, kaum Empathie, kein Aufschrei:

Gefangene wurden gefoltert, Syriens Diktatur ließ
„Verdächtige" verschwinden,
in Lagern wie zuvor damals in Chile – der Westen schwieg,
schaute zu,
damals hieß die Bedrohung der Kommunismus,
da blickte man schon mal weg aus Umsicht heraus.
Nun schaute man weg, weil der Islam drohte.
Und erklärte Kriegsgebiete für friedlich.
Und erklärte Friedliche zu islamistischen Kämpfern.
Oder wenigstens zu nicht-gefährdet im Heimatland.
Ala hätte man einst vietnamesische Flüchtlinge zurück
nach Vietnam geschickt.
Wird eh nicht dauernd gekämpft.
Und nur lokal begrenzt, etwa im Urwald – eh kein Gebiet
für Anständige und Zivilisierte –
und ein bisschen am Stadtrand wird geschossen...
Scheiße! Sie überrennen Saigon; der Vietcong dringt ins
Botschaftsgebäude, die Hubschrauber starten, die letzten
klammern sich verzweifelt an die Kufen...
(Wiederholte dann sich peinlich in Kabul.)
Ja, bald galt halt der böse Islam als die Ausrede für alles –
Unmenschlichkeit, Angst, Dummheit, Lüge...
Und keine Jugend in Sicht, die aufbegehrt, die nicht
diese inhumane Politik unterstützt durchs Wegschauen,
durchs Studienplätze-Ergattern und einen Platz im Seminar,
weil man schnell fertigstudiert heute, wenigstens Bachelor
für die Bank oder das TV,
sonst würde man auf immer und ewig abgehängt.
Warum rebellieren sie nicht, tanzen, singen,
rauchen Haschisch, saufen
werfen ihre Masken weg und betreten
ohne jede Beklemmung
die Universitätsgebäude?
Konsumiert wird bestenfalls Koks oder Crack oder

irgendwas
das aggressiv macht und schnell.
Aber auf Politik null Bock.
Und eigentlich schon auf gar nichts...
vielleicht ja das Klima – das gehört geschützt
aber was zählt, ist anderes:
eine tolle Anstellung halt, nichts zu Riskantes,
etwas, womit die Life-Work-Balance stimmt,
und ein wenig Großartigkeit ins Leben strahlt...
So zeigten es die Älteren, so lernten sie es
von den Fortschreitern, den Modernen, den Individualisten,
den Angekommenen.
Diese allerdings saßen zumeist in Altersheimen herum,
wo aus Gründen der Rendite man sie schlecht ernährte,
so gut wie nicht betreute, Lagerarbeiter im Geschäft
des Todes waren die Altenpfleger:
sie hätten gern Zeit gehabt für die Patienten, Klienten,
die Menschen.
Weinten vielleicht im Stillen, nachdem sich ein Gesicht
strahlend zu ihnen erhoben hatte
und dann enttäuscht dem Vorbeieilenden hinterhertroff.
Die Alten, die selbst keine Werte gekannt hatten
als Disziplin, Korrektheit, Pflichtbewusstsein,
zuweilen Anstand,
darbten in den Lagerhallen der Gleichgültigkeit dahin.
Keine Verbindlichkeit, hatten sie gelehrt, keine Romantik,
kein kitschiges Mitgefühl...
„Hütet Euch vor dem Mitleid!" rief einer ihrer Besessensten
und küsste dann ein Pferd auf die Schnauze.
Ja nichts herzeigen von sich außer Porträts der Schönheit,
des Erfolgs, des Glücks; nichts Wirkliches, Echtes,
Blutendes, Ekstatisches – alles zu nahe, zu verletzlich,
zu lebendig...
Bloß Bilder wurden getauscht, Images, Wörter der Geilheit,

nichts Wahres, Gutes, echt Schönes blieb zurück,
außer Bären und Wölfe in den kroatischen Wäldern,
und Sommersteinpilze – doch auch die wurden
getrocknet, eifrig abfotografiert, geteilt und gelikt...

11.

Künstliche Intelligenz wurde geboren.
In den Köpfen.
´s war immer schon Begehren der Männer gewesen –
seit Athenas Zeiten – mit dem Kopf zu gebären,
die Titanen endlich entthront, die zivilisierten Götter
bevölkern den Olymp,
und wissen die Weisheit zu schätzen
und den Krieg gegen Asiens Troja – jedenfalls
herrschten nun Männer; Kretas weibliche Schönheit
verleumdet als Labyrinth, Männer zu fressen
der Minotaurus erschlagen, die Hydra geköpft,
Medea als Kindermörderin entlarvt, Gaia erwürgt...
Endlich ruderten die Galeeren schneller durch unser Meer
von Sklaven betrieben...
Alexander, der große Schüler Aristoteles,
des ersten genialen Systematikers,
ersehnte, die Welt zu erobern,
erstach in seinem Narzissmus den besten Freund.
Und starb jung.
Dann übernahm Rom diese Rolle,
Roms Legionen beherrschten die Welt.
„Die Römer" wie die Europäer in ihrer
Expansionslust noch heut von den
Nordafrikanern genannt werden.

Später ließ Karl, den sie den Großen nannten
Sachsenfürsten erschlagen
um die Christianisierung zu befördern
und danach verbrannten Christen Hexen.
Die Vernunft setzte sich durch.

Als würden sie ewig leben reden die Jungen
bis sie mit leeren Gesichtern in den Pflegeheimen lümmeln
und Pflegeroboter ihnen die gleiche Menge an Zuwendung
und menschlicher Wärme angedeihen lassen
wie sie s einst mit der Mitwelt hielten.
Nun endlich schloss sich der Männer-Zyklus:
KI statt Emotionen –
alles Gefühl war der Männerkultur verdächtig.
Intuition sowieso und wer an was Göttliches glaubte
galt als krank und sollte umgehend zum Psychiater.

Natürlich existierte sowas wie künstliche Intelligenz
überhaupt nicht – wie auch?
Intelligenz ist eine Funktion des Bewusstseins
nicht Tausender hintereinandergeschalteter Leitungsbahnen
1oo.ooo Milliarden künstliche Synapsen bringen nicht
Einen originären Gedanken hervor:
Nicht einmal zum Denken taugte die sogenannte
künstliche Intelligenz
aber was man vorprogrammiert hatte,
konnten Computer und Roboter sklavisch befolgen:
innerhalb einiger weniger ganz klarer Regeln
kann wie beim Schach ein Computer Ereignisse
vorausberechnen.
Aber mit Intelligenz hat das so wenig zu tun
wie mit Bewusstsein, das keine Summe
an Rechenprozessen ist, sondern eine Qualität
allen freien, wilden, tulpenfärbigen Lebens.

Die Roboter starrten nicht in den Himmel
als der sich rot färbte.
Nicht lange und sie fokussierten gar nichts mehr.
Ein kleiner Sonnensturm nachdem die
südatlantische Anomalie

sich zur „Normalie" ausgewachsen hatte,
das Magnetfeld abgeschaltet – die Pole am Kippen,
der Van Allen-Schutzschirm heruntergefahren.
So blies der erstbeste Sonnensturm
der Kultur der Arroganz, der Naturzerstörung
und der Elektrizität das Lebenslicht aus.

All die Hundert Milliarde Milliarden,
die als virtuelle Werte – nie wirklich greifbar –
im Vakuum des Profithimmels um die Erde tingelten
mit einem Mal nihiliert; jedes Daten-Volumen
geschrumpft auf minus Null.
Keine Information der letzten hundert Jahre,
die weiter bestand: es war in Wirklichkeit kein Schaden –
nicht jede Bibliothek hatte mittlerweile schließen müssen,
doch das meiste, das in Büchern stand,
erwies sich für die kommenden Generationen
als derselbe nutzlose Kopfkram.

Aus dem All zurück auf die Erde kehrten die Ideen,
die virtuellen Vermögen verloschen...
Hände wurden wieder wert, Erde.
Die letzten Cyborgdruiden knieten nieder und beteten.
Ihre Chipimplantate halfen nicht, Karotten zu pflanzen.
Statt Satellitenprogramme wurde Kartoffelanbau
betrieben: aus dem Vakuum der linearen Männerkultur
wurde wieder der Zyklus der Bäuche, Bienen und Beine.
Doch da hob der Erzengel des Ozeans die Posaune
und kam das Wasser nun unerbittlich über die Menschheit,
als sollte die Flut die Sünden endgültig tilgen.

Wie vermessen waren sie doch gewesen
die Materialisten, die Wissenschaftler und Philosophen,
selbst die katholischen und evangelischen Priester

als sie „das Böse" wegharmonisierten.
Die naivsten Tropfe schwafelten vom leeren Universum,
von Ego, das der Welt dient
vom Willen, der sein muss, um zu leben...
der Wille war so wesentlich geworden –
was wer will ist das einzige Gesetz:
die 6o-jährige will Kinder, die Natur
in ihrer Großartigkeit könnte ihr keine gewähren –
aber die Technik schon...
Fremde Eizellen: kein Problem; die Leihmutter in Thailand:
alles keine Frage... was machbar ist wird gemacht –
willfährig von der Industrie ausgeführt,
mit Handkuss – solange man s gut zahlen kann....

Die Einzelnen pochen auf ihr Gesetz, auf ihre Gleichheit
und die Männer heirateten untereinander und die Frauen –
wäre ja an sich kein Thema gewesen:
aber deren adoptierte Kinder verziehen ihnen nie,
und auch nicht der gesamten Menschheit.
Die Ideologie: „Ist alles nur soziale Übereinkunft,
ist alles nur Sache des Denkens", konnten sie uns
nie vergeben, da sie gar keine geschlechtliche Identität
finden konnten, und damit überhaupt keine...
Sowenig, wie die Vierjährigen, denen man im Kindergarten
schon genderte, Frauen und Männer seien gleich
man/frau kann sich aussuchen was manfrau sein will
(der Achtjährige brachte sich um, nachdem er sich
als schwul geoutet hatte und dann von den andern
politisch inkorrekten Klassenkameraden
zu Tode gehänselt wurde...).
Sexualität ist ein schwierig Ding
Mit 7, 8, 9 nähert bub sich vorsichtig an...
Sein erster bester Freund ist auch Bub
mit dem er vielleicht eine homoerotische Liaison eingeht

ebenso das Mädchen mit der 8, 9-jährigen Freundin.
Sind sie deshalb schwul?
Wer mag solch Blödsinn den Kindern einreden
Was steckte da dahinter? Sollte man ernsthaft fragen...
Aber manfrau fragte nicht –
weil eh alle die Wahrheit wussten:
Geschlecht ist ein soziales Konstrukt
und überhaupt kann Mensch alles sein
wenn er bloß will, denn das höchste auf der Welt
ist das Ich –
das Rechtsanspruch auf alles hat,
zumindest wenn es sich gute Anwälte leisten kann.
Und so feierten sie das Ich, und bekleideten
es mit Smartphones und Leistungsmessern und Uhren,
die einen Stromstoß verabreichen
wenn manfrau einschlafen will –
denn wer rastet setzt Speck an, denn slim und fit heißts
(auch wenn anlässlich Corona offenkundig wurde,
dass die Leut eher an Fettsucht litten, von der
Nahrungsmittelindustrie manipuliert,
von Zucker und Transfetten vergiftet).
Wir konsumieren die Welt, weil wir Anspruch drauf haben
und die paar Unartigkeiten sind ja nicht so schlimm:
Gier, Habgier, Neid, Geiz – alles tolle Ichapps.

Nur übersahen die naiven Materialisten eins:
Je tiefer die Gier, je grauslicher der Neid
je mörderischer der Hass, je wahninniger die Ichsucht
in desto finstere Bereiche steigt die Seele hinab.
Dort gähnt nicht bloß die Schwärze eines leeren Alls.
Da ist die dämonische Ebene, an die die Ichgötter stoßen.
Und diese satanische Ebene lässt kaum los
wer einmal in psychischer Not in ihr versinkt
wie im Treibsand der Identitätslosigkeit.

Und der Dämon hat auch Namen.
Viele sogar.
Denn er ist einer aber zugleich sehr viele.
Und die Menschen in ihrer grenzenlosen
Ichsucht und Naivität
die nur sich anerkennen aber keinen Gott über sich
verfallen dem Dämonischen leicht.
Denn sie merken es gar nicht, wenn sie
diese Ebene überschritten, gar selig sich drin sulten.
Dann blökt der Eber aus ihrem Antlitz,
das bösartige Tier... der 666.
Das gute Tier frisst Fleisch
das böse verschlingt Seelen
und die Gesellschaft und die Kulturen.
Es zeigte sich das erste Mal deutlich,
als Gaffer mit ihren Handys Feuersbrunsten filmten
und weiterleiteten an die Freunde –
man lachte die Feuerwehleute hysterisch aus
und die Rettungskräfte wurden behindert
sowie Schaffner verprügelt.
Alles, was höher als das kleinste Ich ist, wurde diffamiert
was ja die Kunst und Literatur schon vorgemacht hatten:
nichts hat gefälligst über dem Ich zu stehen
auch keine Harmonie, und schon gar nichts Gutes...
Also wurde die Welt für harmonielos erklärt
und nur das Schwarze, Zerrissene an ihr hervorgezerrt:
Splitterwelten türmten sich auf,
Weltfragmente von Schwarz bis Grau –
und spitz bis rau.
Die Erde schepperte noch kälter, denn alles
was Hoffnung verlieh, Trost, nannten die Trostlosen naiv
und übersahen in ihrer grenzenlosen Einfalt
dass da Anderes lauerte als ein Ich...
In Scherben schlug ihre Sprache eine fragile Welt,

die zerfetzte Welt wurde von ihnen wieder zertrümmert
und sie schufen damit eine Kunst, eine Sprache
die nur die Klage kannte, nur die Schlechtigkeit
und raubten Trost und Schlaf und freuten sich
über Preise und Ansehen
und hatten beste Ansichten dazu, dass sie meinten
das Gute und das Schöne und vor allem die Wahrheit
seien antiquierte Begriffe – also gehört das Gegenteil her.
Doch das Gegenteil von gut ist eben schlecht;
im schlimmeren Fall sogar: bös und gar teuflisch...
Die Krimis florierten und die Zerstückelungsphantasien
kursierten – aber das wussten die Kinder dann
schon besser auf ihren Gameshootern.
Endlich war nichts Schönes mehr
nur das Hässliche durfte Wert haben
das Anedre wurde verhöhnt.
Sie standen gemeinsam vor den Flammen
und jubelten und tanzten und da war es klarer:
das waren nicht mehr die kleinen und großen Ichs
da tanzte andres, hemmungslos, erbarmungslos –
dann wurde ins Feuer gestoßen: Liebe, Freundschaft,
Solidarität, Bücher, Pflanzen, Tiere, Menschen, die Welt.
Und sie tanzten, mit weißen Helmen auf
und feierten den Durchbruch des Ichs und der Wahrheit
und die Skalen wurden verdreht, auf den Kopf gestellt,
die Werte nach oben verschoben:
Der erträglichen Strahlenbelastung der
gesundheitsschädigenden CO_2-Belastung...
die Liste der moralisch bedenklichen Worte wurde länger;
der Taten immens weniger.
Und sie tanzten und feierten und applaudierten
(zumindest die, die sich Anwälte leisten konnten).
Und dann löschte der Regen alle Flammen
und sogar das lebendige Licht.

III.

82 würden wir alle – hieß es damals
und von Jahr zu Jahr älter in dieser gesundesten,
reinsten, besten aller Zeiten, hell erleuchtet
nicht so wie jenes finstere Mittelalter
mit all seinem Bösen: den Kriegen, dem Glauben an Gott,
dem Fanatismus, der Dummheit...
Endlich brachte das Licht der Aufklärung
Wahrheit, Genauigkeit, Wissenschaft.
Drachenblut heilt keineswegs Pest,
und all anderer Glaube an Heilung durchs Gleiche
wie Homöopathie bekämpft ja Wissenschaft noch
2o18 bis aufs Blut: weil sonst alle erkrankten
und keiner mehr älter werden könnte
als durch die Segnungen der Medizin garantiert –
und anlässlich Corona wurde alles, was nicht
Pharmalinie vertrat, bis aufs Messer bekriegt.
Allein: 82 und älter wurden die,
welche noch vor dem Zweiten Weltkrieg geboren wurden
wenig Fleisch aßen, kaum Chemie zu sich nahmen,
Elektrosmog nicht einmal kannten,
und nicht mit Plastikteilchen und Atom-Strahlung
und was sonst noch vergiftet waren:
2030 sank die Lebenserwartung schlagartig
(nachdem die Übersterblichkeit aufgrund von Corona
sich langsam wieder eingependelt hatte).
Was Wunder: die Umweltgifte und falsche Ernährung
wurden nun sichtbar, die verspäteten Impfschäden...
die Messungen sicherheitshalber eingestellt;
bei Corona wurden vorsorglich eh keine gemacht.
Doch man sah sie weiter sterben wie durch Epidemien,
wie die Pest einst wütete, die Cholera, Gelbfieber, Corona?

Der Krebs wucherte, doch die krebserregenden Stoffe
wurden aufgrund stets fortschrittlicher Mikrotechnisierung
zunehmend schwerer eruierbar; dann stellte man
die Messungen jetzt gänzlich und endgültig ein.

Auf den Hubschrauberlandeplätzen der
alles überragenden Wolkenkratzer
wuchsen Melonen, vom Wind hingestreut, Bananenstauden.
Granatapfelbäume eroberten das Südburgenland
in Alaska wucherte der Weizen wie wild,
schade, dass da kein Schnitter mehr war
ihn zu ernten; die Wölfe trabten durch
die mitteleuropäischen Wälder,
Savannenwölfe, denn die Mischwälder Europas
waren nicht mehr dicht und saftig wie einst
sondern es wuchsen die Bäume vereinzelt,
der rote Boden erinnerte an den Sahel,
die dürren, grauen Baumkronen
an Akazien in Kap Verde und Kenia
zu Zeiten damaliger Trockenheiten
aufgrund des Klimawandels.
Später wuchs dort nichts mehr: Todeszone.
Sahelzone – Sterbezone.
Da bäumte sich die lustige Wissenschaft auf –
da rief einer in der größten Zeitung aller Zeiten
man brauche sich über den CO_2 Ausstoß in
so einem kleinen Land wie Österreich
überhaupt keine Gedanken machen,
selbst wenn man dort ein wenig reduziere
sei es im Vergleich zur Zunahme
in China und Brasilen und Russland marginal.
Doch wenn „wir in Österreich die klügsten Köpfe
versammeln, möglich durch Steuererleichterungen
für die Reichen und Gescheiten

werden wir Techniken erfinden, oh Gott
werden wir CO2 Killer kreativ konstruieren,
werden keinen Klimawandel zulassen
und dabei noch viel Profit lukrieren
o Gott die Technik, die Ingenieurskunst:
welch Wunder, welch übermenschlicher Segen!"

Äpfel galten bald als ausgestorben
kaum irgendwo war es kühl genug, dass sie gediehen
ebenso Grüner Veltliner, ein echter Schaden...
In der Wachau wuchsen wilde Disteln und Feigenkakteen;
Ziegen auf den herrlichen Terrassen weideten das
Dorngestrüpp, Mufflons ästen Brennnesseln.
Dann zogen die letzten Winzer fort,
hinterließen Grabstätten für mögliche entfernte
Generationen, sich zu wundern, wie einst die modernen
Bahnstreckenerbauer sich über steinzeitliche
Muttergottheiten: was würden die neuen Forscher dann,
falls es sie denn gäbe, an abstrusen Reliquien
in Erstaunen versetzen?
Autos wären weggerostet, Eisen für einen zukünftigen
gesünderen Wein, die Betonblöcke der Betonfabriken
generell würden zukünftige Geschlechter
nicht als menschliche Bauart erachten –
vielleicht von Außerirdischen auf die Erde gebracht.
Denn es gab – würde man wohl in Zukunft sagen –
eine Rasse, welche die Erde ausgeplündert hatte
all die Ressourcen, die Tiere sowieso,
und dann ließen sie eine völlig zerstörte Erde zurück.
Allein: würde es eine solche überlebende Menschheit geben,
die aus ihren Überlieferung gelernt hätte
niemals die Stimme der Mutter Erde derart zu ignorieren,
sie zu missbrauchen, zu schänden, zu morden?

Vorerst war alles noch in Feierlaune;
Kinder gingen auf die Straße und forderten
eine Zukunft, wenigstens irgendeine,
denn schnell könnte es mit der Welt,
wie sie sie kannten, zu Ende gehen.
Unwetter, Hitzeperioden, Meeresfluten, und wozu
in die Schule gehen und lernen, wenn es keine
lebbare Erde mehr gab dieses Gelernte anzuwenden?
Wobei nur Ungläubige des Fortschritts unkten,
wozu überhaupt lernen, was es in Schulen und
auf Unis zu studieren gab
wenn all dies Eingelernte genau in die Katastrophe führte?
Nun, antworteten die Technikanbeter:
siehe oben, wir schaffen schon die richtige, die wahre alles
reparierende und endgültige Technologie.
Erfinden alles Störende und Gefährliche weg
und zur Not hilft uns die Künstliche Intelligenz...
Naja, würden die Ungläubigen unken,
wenn man keine eigene besitzt...
Und man jausnete auf Konferenzen
und in Parteizentralen, alle hefteten den Klimaschutz
auf ihre Fahnen oder wenigstens
die Aussicht auf die alles errettende
bloß neu zu erfindende Technologie.
Denn da war ja das Kind Greta
mit ihrer Überzeugung und der Unmöglichkeit
sie davon abzubringen,
und sie sprach das Nötige, Normale, Einfache:
die Erde müssen wir retten, uns, denn das Klima kippt;
wozu in die Schule gehen, wozu irgendetwas planen,
wenn es keine Zukunft mehr gibt?

IV.

Die Grabzonen galten dann als Relikte der Vergangenheit
1o.ooo oder 12. ooo Jahre zurück
riesige Gebiete dort
wo früher Endlagerstätten errichtet wurden
die natürlich ihrem Namen Hohn sprachen
denn was heißt Ende
in 1o.ooo oder 2o.ooo Jahren?

Im Waldviertel standen keine knorrigen Bäume mehr
stattdessen Orangen und Bananen
von denen allerdings niemand kosten konnte,
nicht einmal Makaken
da es zu unwirtlich selbst für jene war;
schwarzes Gras wuchs dort,
und es wucherte dreilappiger
zinnoberfarbener wilder Wein.

In jener Zeit, als die Räume sich mit Fliegen füllten –
viel zu viele setzen sich auf Lippen, in die Augenwinkel
in die Ohren, lästig und unerbittlich –
Beelzebub, der Herr der Fliegen, erschien in seiner
deutlichsten Gestalt, sie sahen und hörten ihn
dennoch nicht, zu sehr schienen sie paralysiert.
Verurteilten stattdessen Helfer, Barmherzige
welche Menschen aus der Seenot erretteten,
verhöhnten Impfkritiker, sperrten sie ein.
Und verachteten Bewohner eines gesamten Kontinents.
Wie zeigten sie denn die schwarzen Menschen
in den Mainstream Medien, zu denen ab der Corona
Pandemie alle Zeitungen zählten: vom hippen Standard und
dem Falter

zum Heute, der Krone, Kurier, das Dorfblättchen usw.
Welche einseitigen Bilder afrikanischer Menschen bekam
der Europäer zu sehen anlässlich der Migrationskrise
(die, während all „unserer Krisen", nie beendet war):
demütige Gesten, die Köpfe gesenkt,
bittende Hände, flehende,
Körper, in goldenes Aluminium gehüllt
wie Bitterschokolade
und zitternd, in Lagern zusammengepfercht, magere Babys
an der Brust, in Boote kletternd, mithilfe starker weißer
Arme; Sardinenmenschen, kauernd auf Rettungsbooten
oder Seerettungsschiffen, die aber
als Schleppergefährte behandelt wurden:
einerlei, die Unbilden
der Retter zählten nichts gegen die Not der Geflüchteten,
von den Europäern Erretteten oder den Ertrunkenen
von den Europäern und Amerikanern dann
wenigsten leblos fotografiert
in Grenzflüssen, Grenzmeeren, -mauern, Grenzköpfen.

Fette Bilder von ausgemergelten, durch die Flucht
und die Strapazen verzerrten Menschen, unwürdig,
von Angst und durch Kummer entstellt.
Ja, ja, Afrikaner, Menschen zweiter Klasse, oder dritter:
Hässlich, hungrig, faul und feig, und so fort –
wer sah diese Menschen in ihrer Würde und Pracht
In ihrer Heimat, soweit sie nicht von dort flüchten
müssten, wegen dem Hunger, dem Krieg, der Dürre?
Wer erblickte die Anmut der Frauen,
wenn sie Obstkörbe zum Markt trugen
auf den Köpfen, oder riesige Bottiche
oder das Brennholz aus den Akazienwäldern ins Dorf
schleppten, in ihren unglaublich bunten Gewändern
wie sie keine Europäerin sich zu tragen getraute,

gewagteste Farbkombinationen
die dennoch je nach dem Charakter der Trägerin
aufgingen, wo Blau neben Grün erstrahlte
mit roten Mäandern und gelben Blumen
und violetten Schmetterlingen und grünen Tieren.
Der Ton der Farben – die Europa nicht einmal kennt –
rotrosabraun wie das Fleisch der Papaya
ein saftiges dunkles Orange, tief wie Kaffee
in Kombination mit dem Pistaziengrün eine Verlockung,
tiefbraune Schokoladefarben mit Honigmelonengold
die Muster unüberschaubar, verworren in Harmonie,
und der Gang edel, aufrecht, stolz, der Frauheit bewusst;
Erdnussverkäuferin am Strand, mit ockerfarbenen Strohhut
in ihre Kleider gehüllt, wie eine Prinzessin,
wenigstens wie aus einem Modekatalog entsprungen:
Anmut, Weichheit, Stärke im Schreiten über den Sand
und im Blick.
Obstverkäuferin am Markt, zwischen Tüchern
gewebt aus Träumen und Phantasie.
Die Männer Krieger, straffe Schenkel, feste Schultern
ebenfarbene Oberarme, breite Brust –
muskelbepackte Panther, sehnig, gesund,
Augenweide für jede europäische Frau,
von denen es an jenen Stränden nicht gerade wenige gab,
Männer des Meeres und der Tiere,
teefarben oder vulkanaschegrau bis obsidianschwarz,
kerzengerade, funkelnde Augen, verlässlich
den Freunden gegenüber, der Sippe,
gefährlich dem Lügner, tödlich jedem Feind.
(Die Afrikaner wären eigentlich die Schönen und Reichen
und jung sowieso – aber der Industriekolonialismus
plünderte Rohstoffe im Tausch mit leeren Versprechungen).

Nein, solche Fotos sah man nicht von den Schwarzen

auch nicht das ananassüße Lächeln der kleinen Fratzen,
aus dem Fischerboot ihrer Eltern
am Strand in die Sonne grinsend, in das Meer glucksend
in die mürben Gesichter der weißen Touristen strahlend;
nein: solche Bilder zeigte man den Europäern
oder den Amerikanern nicht; jedoch Menschen
niedriger Kasten – ewig leidend, fortwährend bettelnd,
immerfort auf die Gnade und die Hilfsgelder
der Weißen angewiesen, angeblich...
Die seit Jahrhunderten die Kolonien ausbluten ließen
und dann gegen Ende ihrer Herrschaft
in Form von Konzernen die Arbeiter und Kinder
der verarmten Kontinente ausplünderten
als Näherinnen in Bangladesch, als Kindersteinklopfer
für Deutschlands und Österreichs Straßenpflaster
als Kindersklaven bei der Kakao- oder Kaffeeernte.
Diese Bilder sahen die Europäer manchmal,
wenn sie um 1 Uhr nachts noch wach waren
vor ihren Fernsehapparaten bevor sie
anderntags in ihre prekären Jobs pendelten
mit Aussicht auf Fixanstellung
und wenig Zeit andern Ausgebeuteten zu helfen.
Aber wenigstens billige Fetzen konnten sie kaufen
von Containerkähnen zusammengeschleppt,
Baumwolle aus Texas, in Bangladesch zusammengenäht.
Die Knöpfe aus Indien gewaschen
und gebleicht in Pakistan, dann verschifft.
In Usbekistan wurde die Baumwolle
gar mit der Hand gepflückt, von Strafarbeitern –
beste Qualität, und unter die Fair Trade Produkte gemischt;
aber gar diese Frauen und Männern an ihren Nähtischen
und auf den Feldern lebten in Würde,
solange das Geld und die Gesundheit reichte
genug Nahrung für die Familien zu besorgen,

sie nicht von baufälligen Fabrikhallen erschlagen wurden
oder als Aufrührer bei Streiks um Gehaltserhöhungen
von den gedungenen Vorarbeitern in Europas Sold.

In grauen Decken oder Aluminium gewickelt
erreichten sie graugesichtig und fröstelnd die Küsten
und wurden erstmal nicht nach Europa eingelassen.
Als die Zahl derer stieg, die vor den Dürren
fliehen mussten, setzten sie Soldaten ein
in der reichen Welt, welche das auf Kosten der andern
und durch ihre Ausbeutungsverträge auch bleiben wollten.
Und das Unrecht stank damals schon zum Himmel
und dann taten es die Leichen an den Stränden der Flüsse
und der Meere, und endlich stiegen die Wasser
und sie stiegen und hörten nicht mehr auf
zu steigen und schwemmten die Ermordeten fort
und die Lebenden und dann die Schuldigen
und letztendlich jeden Menschen und jedes Tier.
So hieß es wohl in der Bibel
nachdem Noah gewarnt wurde von Gott.
Der Engel der Schwarzen blies in die Posaune
und verkündete: ein fürchterliches Ende werden
die nehmen, die von Gleichheit und Brüderlichkeit,
von fairem Wettbewerb und Menschenrechten schwafeln
aber nur ihr Bankkonto meinen.

In der undurchdringlichen Dschungelhitze der Citys
hatten die Reichen ihre prallen Hochbeete
in den Gemeinschaftsgärten und auf privaten Balkonen
von syrischen Flüchtlingen umstellen lassen.
Die sehr Begüterten zogen sich in ihre Landhäuser
und Villen an den Großstadträndern zurück;
die Milliardäre auf ihre schmucken Haziendas und Finkas
auf Touristeninseln; allein:

irgendwann überwog der Hunger
und die Leibwächter wetzten die Macheten –
wenn alles zusammenbricht, jede Ordnung,
jeder hierarchische und selbst der soziale Halt
nutzen auch Vermögen nichts; kein Wasser, kein Brot,
kein Fleisch, nicht einmal Erbsen oder Dosenbohnen
(Fische trieben bauchoben in den überhitzten Meeren).
„Wenn der letzte Baum stirbt,
werden die Weißen erkennen, dass man Geld
nicht essen kann", warnte einst Chief Seattle,
und wenn man mit Geld nichts kaufen kann
werden sogar die disziplieniertesten Securities zur Gefahr.
Endlich wurde klar, dass die Welt andre Sorgen hat
als korrekte Schreibweise der Geschlechter,
bzw. hatten selbst die Intellektuellsten begriffen,
dass sprachlicher Firlefanz nicht
das falsche Prinzip bzw. die Strukturen wettmacht.
In jenen postmodernen Zeiten wurde so getan
als wären alle gleich – auch Männer und Frauen
und die Armen und Reichen sowieso...
das nützte den Habgierigen, denn sie konnten
mit den Fingern auf die Armen zeigen und rufen:
„Wir sind alle gleich, aber ihr seid zu faul
Eure Chancen zu nützen", dann kauften sie
die nächste Bank, die nächste Handelskette
mit dem Geld ihrer Väter.
Und die nächste Zeitung, in der zu lesen stand
wie sehr alle Menschen gleich wären
(außer die „Ungeimpften).
Eltern begannen ihre Söhne als Mädchen anzukleiden
und ihren Mädels technisches Spielzeug, Autos,
Panzer und Weltraumraketen
aus nachhaltigem Holz zu schenken;
nannten ihre Kinder mit einem X am Schluss

dass ja nichts an Weiblichem oder Männlichem
präfiguriert werde.
Mutter Natur, Verzeihung: Vatermutter Natur
ist ja selbst ein soziales Konstrukt
und hätte uns Gottmenschen gar nix zu sagen:
vor allem das Geschlecht bestimmt jeder selbst,
bzw. taten das eben die Eltern für die Kinder.
Indirekt: alle sollten transgender oder Zwitter
oder Lustigeres wie non-binär im Pass stehen haben.
Und die Kleinen – ohnehin schrecklich verwirrt
in den Mühen der frühen Pubertät –
wussten gar nicht, wohin mit ihren Geschlechtern
und lebten zeitlebens wie in Plastik verpackt.
Bis aller Hass, Zorn, Verzweiflung, Kaputtheit
aus ihnen als vulkanroter Feuersturm hervorbrach,
der ihnen die Plastikmasken von den
Gesichtern schmolz und den Gliedern,
bis dem letzten Werteverdreher klar wurde:
Sie hatten damals keine Gleichheit geschaffen
sondern alles in den Sog eines schwarzen Lochs,
nämlich des männlichen Prinzips getrieben.
In dieser Postmoderne waren die Positionen
so unendlich weit entfernt voneinander,
dass man meinen konnte, es gäbe keine
Unterschiede – jedoch lagen sie bloß einzementiert
und unabänderlich auf der jeweils anderen Seite
des vakuumkalten Universums.
Alles Weibliche wurde verdrängt und verdammt,
gar als nicht existent erklärt: keine Anmut,
nichts Sanftes, kein grazilier Gang oder Mondrundheit
wurden in der Männlichkeitskultur geduldet –
eine Psychoanalytikerin namens Anna Freud
hatte diesen Vorgang einst:
Unterwerfung unter den Aggressor genannt.

Mädchen sollten in Gangs aufeinander einprügeln,
bzw. sich die Schwächste herauspicken und sie dann
halbtodschlagen, wenigstens zum Freitod mobben.
Burschen durften Wildheit und Abenteuerlust
bloß auf dem Handyscreen ausleben oder beim Selfie
über dem Abgrund: auch das männliche Prinzip
wurde verleugnet, zumindest individuell, wo es Saft
und Kraft, Tapferkeit und Großmut meinte.
Das Wirtschaftsleben beherrschten gnadenlose
Konkurrenz, Wettbewerb, Kampf, Härte
und der Glaube an Sieg oder Niederlage –
als ob das Leben ein Fußballspiel wäre
mit ganz klaren Regeln, in dem man mit 2 oder 3 Toren
Vorsprung gewinnen könnte und nach dem glorreichen
Match bei der Aftershowparty ausgelassen feiern.

Verlierer gab es vorerst allerdings trotzdem: die Armen
und die Ausländer – überall auf der Welt.
Gleich waren sie dann, als nicht nur Klimaflüchtlinge
im Mittelmeer ertranken, sondern mehr oder weniger
alles absoff in den Fluten der Sünde.

Teil 2
Narziss und Narzisstin
oder: wie konnte es so weit kommen?

1.

Die Hochhäuser in den Megacitys waren klimafreundlich
und wettbewerbsaffin verschalt;
Balkone überwuchert mit Efeu und Bananenstauden.
Karotten wuchsen in den Töpfen in den Wintergärten
und Kraut, Äpfel, Mangos groß wie Nuggets
und sonnengoldene Zuckermelonen...
Nonsens: die begrünten Balkone, die die Hitze abmildern
hätten sollen, erfroren in einem der noch kälteren Winter.
Die Idee hatte was auf sich: Bäume und Wiesen reduzieren
den Anstieg der Temperaturen, kühlen in den Parks
die Schwitzenden und die Kreislaufschwachen,
lindern Einschlafschwierigkeiten und erhitzte Gemüter.
Doch die Bäume in den Städten standen
trotz aller Ideologie eher im Weg: wurden
den besseren Verbindungen fürs Internet geopfert
und die Wiesen brachten als Parkplätze
vor Einkaufszentren höhere Rendite
oder wurden wenigstens zu Tiefgaragen
umfunktioniert inmitten der Stadt.
Wie sollte auch wirklich eine Wende
zur Nachhaltigkeit geschehen
wenn der Kampf gegen die Natur
so alt wie die Moderne war?
In den Ritzen auf den Gehsteigen neben
den Gemeindebauten rupften Magistratsbeamte
Rucola aus, trieben ihn mit Laubbläsern davon
und versiegelten die Ritzen mit Teer
gegen diese wilde unzähmbare Natur.
Allerorts wurde von nachhaltiger Energieversorgung
Geredet, wurde grüne Architektur diskutiert,
das geglückte Leben in der Großstadt gefeiert

trotz aller klimatechnischer Herausforderungen.
Es wurde viel geschwafelt, aber nichts getan.
Soviel Geschwätz war wohl nur
im Zeitalter des Wassermannes möglich,
dieser Epoche der hehren Ziele und der Selbstlügen
der Ideale für andere und die Ausnahme für sich selbst.
Alternative Energien wurden erforscht, vorgestellt,
in Aktien gebündelt; allerorts floss grüner Strom.
Grünes Wohnen, grüne Banken lautete
einhellig die Devise – wenig wurde verwirklicht,
oft einfach deshalb, weil es unmöglich war:
Der Wille der Menschen ist oftmals groß,
seine Selbstüberschätzung größenwahnsinnig.

Und überhaupt: die Natur – was sollten sie mit ihr?
Jahrhundertelang fürchteten die Menschen sie
(nachdem sie mit Gebeten nicht mehr
zu versöhnen schien, galt sie gar als schlimmster Feind)
also rupften die Menschen sie aus,
steinigten, kreuzigten, betonierten sie,
zensierten die Grashalme, die Haare unter den Achseln,
erst recht die verschämten, alles wurde gefällt und gerodet,
das nach Wildheit roch und Unberechenbarem,
gefährlich dem Kalkül und gar unverständlich
dem Geiste des Mannes, der neu schöpft
Tieren menschliche Zellen einpflanzt, Gott abschafft,
die Welt neu erschafft mit nur einem einzigen Wort...

Dumme Natur, scheinbar nicht willens sich zu fügen
lästig wie die Frauen mit ihren Augen aus Mond...
Jedenfalls ließ eine unbelebte Natur
leichter sich die Därme aufschlitzen
(tat ja keinem mehr weh),
sowie die Metalle herausreißen und Kohle

und alles für den eitlen schnellen Verzehr...
Doch plötzlich hieß es „Bäume sind schützenswert"
Und „das Klima schwankt, wir müssen es retten".

Ja sicher, ja eh – aber auf dem Kirchenplatz
der Stadt Schlaining verwehren zwei Bäume
den freien Blick auf das Gebäude,
also flugs die Bäume ausgerissen,
Beton aufgeschüttet, ein Glockenspiel
installiert, das in tausend Sprachen Ave Maria klingelt
und überhaupt wird der Hauptplatz zugepflastert
damit man sich begegnen soll –
aber es bleibt einzig Stein, Blech und Grau.

In Oberwart ums Krankenhaus herum
werden die Grasflächen zubetoniert
„bewirtschaftbaren Parkraum" zu schaffen...
Ja natürlich, das Bodenversiegeln gehört gestoppt...
Und in Oberpullendorf brauchts unbedingt
noch ein Einkaufszentrum, Arbeitsplätze, Kaufkraft
zwar eher für ungarische Billigarbeiter
und ja eh – die Natur.... sicher... müssen wir schützen
und Autobahnen werden anstelle von Schnellstraßen
„auf denen es ja wegen dem Gegenverkehr
gefährliche Unfälle geben kann"
der Länge nach durch das Burgenland getrieben
statt öffentlicher Verkehr gefördert...
A ja, die Natur, das haben wir jetzt kurz
vergessen gehabt... sorry...
Der Atomkrieg droht schon wieder
und im ORF häufen sich
die „Mutter Erde" Schwerpunkte...
„wir schaffen das", „wir sind die größten..."

Und Männer und Frauen seien gleich
Mädchen treten andere in den Unterleib...
sind ja so cool und stark wie Jungs...
Die Burschen lernen gendern
(sofern sie nicht lieber Messer stechen)
und bleiben sanft, beliebig und undifferenziert –
divers halt.
Wenn man sich fragt, warum eigentlich
wollen irgendwelche Eliten, dass die Menschen
weder Frauen noch Männer sind,
kann man nur schließen, dass ewig pubertierende
nie wirklich erwachsen werdende
allzeit androgyne Wesen nie bedrohlich wirken,
nie massiv ihre Bedürfnisse einfordern
oder soziale Gerechtigkeit sondern sich ewig
an den Busen Mutter Sozialstaats drücken
oder an die Hilfsprogramme der multinationalen Firmen,
die die hungernden Mitteleuropäer
mit dem versorgen, was sie eh nicht verkaufen können.

Und die eifrig mitmachenden Intellektuellen
und politisch Korrekten, und Genderfrauen
und Herzensmännchen denken wirklich,
das Böse liege in einem behaarten Körper
oder in sich verschlungenen Leibern
oder einem lauten Wort
oder bedrohlichen Gesten
weil sie in ihrem Narzissmus jede kleine
aggressive Gebärde für mörderisch halten
und jedes laute Wort für den Zorn Gottes
(der ja eigentlich schon abgeschafft wurde)
und jeden erhobenen Zeigefinger
für das endlich niedersausende Damoklesschwert.

In ihrem Narzissmus ist Kritik Vernichtung
und ein harter Blick schon Gewalt
und eine narzisstisch angekränkelte Frau
wird das archaische Drängen eines Mannes bereits
als Übergriff empfinden
aber der Mann wird eh nicht mehr zupacken
denn so richtig von innen her,
von tief aus der Erde heraus – wie ein Faun –
kann er gar nicht nach einer Frau greifen,
denn er besteht aus Aluminium, Plastik und Titan
statt aus Baum, Fels, Wind und Wasser.
Aber als größenwahnsinniger gefühl-
und vor allem empathieloser Narzisst
entführt er sie, vergewaltigt und zerhackt sie dann
oder „besser noch": umgekehrt...

Der Wahnsinn geht weiter, der Narzissmus
frisst seine Kinder...
Die Folgegeneration traut sich
keinem Kind mehr widersprechen
die sollen 's dann für uns richten:
das Klima und die Gesetze
und die Regeln in den Familien.
Naja – irgendwann fraßen dann die kleinen Monster
die Alten auf – im wahrsten Sinne des Wortes
(denn das Recht auf Fleisch steht jederkind zu,
sofort immer und alles).

11.

Narzissmus löscht Grenzen aus.
Die wahren, helfenden, Identität schaffenden Grenzen,
und erstellt anstelle ein alluniversales Großartigkeitsgefühl
das im allernächsten Augenblick kopfüber in den
höllenschlundtiefen Abgrund kippt des Selbstzweifels
und der dantehöllenkalten Angst.

Jedes lautere Wort reißt die Plastikhaut ein
welche die empfindlichen Seelchen glänzend
verbirgt; also muss Aggression verdammt werden
tabuisiert, mit gleich der Sex –
wo ein feuriger Hengst eine geile Stute bespringt
bricht die Welt zusammen
und erst recht das gesamte eierschalen-dünne
Konzept der modernen Zivilisation.

So unendlich schön bestaunte Narziss sich im See
nachdem er die Nymphe des Windes verstieß
als Fluch gefesselt vom eigenen Anblick
vermag er nicht aufzublicken, sieht das Firmament
nimmermehr, nicht den Himmel, keinen Menschen.
Überall erspäht er nur SICH, seine Ängste, Wünsche,
Begierden: und die sind unendlich, denn niemals zu stillen.
Dies ist der Fluch: Narziss ist außerstande
Liebe zu empfinden, denn jegliche Liebe, die ihm
zuteil wird, schlägt er nur seinem Bedürfnis zu gefallen auf
grinst überheblich, eitel und schäbig,
aber wird durch Liebe weder umfangen noch gestärkt.
Im allernächsten Augenblick schon braucht er Publikum
sich seiner selbst erneut zu bestätigen.
Hätte jemand Liebe für ihn, er saugte sie so vollständig

und permanent aus dieser Person,
dass diese bald ausgebrannt und blutleer
porös wie Porzellan herumläuft:
nun – oft das Schicksal der Frau, die sich
winzig fühlt und sich in einen Giganten verliebt
hoffend auf einen Splitter seines Abglanzes.
Doch sie macht ihn größer – sich selbst kleiner
und versinkt tiefer im Morast der Nichtigkeit:
Fluch unserer westlichen Kultur
der ein lineares Weltbild zugrunde liegt,
ein dualistisches: als gebe es ein Oben und Unten
ein Innen und Außen, die voneinander getrennt wären...
Im westlichen Denken verfangen
muss das eine endlich unendlich riesig scheinen
das andere atomisiert zu dessen Füßen kriechen
soweit trennen sich dann die Pole (scheinbar),
dass alles unendlich weit voneinander entfernt wirkt
soweit, dass westliche Philosophie davon spricht
alles so gleich, alles gleichwert, gleichgültig
gleichschön, bzw. hässlich.
Aber sobald das eine leicht sich am andern reibt
oder es ihm irgendwie nahe kommt, sofort „zu nahe" rückt
bricht die Angst auf, der Wahnsinn,
der Abgrund der abendländischen Hölle
(Männer fühlen sich auch gern
von einer dschungelfinstern Muttererde verschluckt –
daher betonieren sie so gern Parkplätze und Flugpisten).
Ja, ja – die Natur:
Im Gastgewerbe werden Holzschneidbretter und
Holzkochlöffel verboten, da unhygienisch,
aber Plastik verordnet, das nachweislich Mikroplastik
durch Abrieb abgibt an Natur und Essende
aber die Bazillen, die Viren, der hässliche Schmutz
gehört alles weggemacht mittels Chemie

und Plastik und Atombomben.
(So wie man bei den Coronamaßnahmen erkannte:
Es ging nicht um Gesundheit, sondern ums Erschaffen
einer sterilen Hygienekultur).
Mundschutz halt aus Stoff bei der Busfahrt
die vielen Menschen – diese Bazillen
und erst die Ungeheuer im Dschungel,
und die wilden Tiere auf den Weiden:
die Kühe – ab die Hörner, Natur ist böse
gefährlich und obszön
und gehört eingesperrt ins Reagenzglas
und in Städte.

Dort erspähen Narziss und Narzisstin stets sich selbst
in ihrer Größe, Schönheit, Herrlichkeit und Potenz
alles muss schön sein, jung, glatzenlos
(aber ja keine schweißigen Haare unter Achseln
oder dem Nabel – stinkend nach Tier, Wolle,
Sumpf, Hoden und Verderbnis).
In ihren Köpfen rollen die Worte selbstbeobachtend,
bewertend, kontrollierend: nur das Beste wird hergezeigt,
präsentiert das Image, das Selbstbild.
alles wird bewertet, ohne Unterlass herunterkommentiert
von dieser inneren Stimme, die gar keine innere ist
sondern das Äußerlichste, das man sich
denken kann – die Stimme der Perfektion, der Eitelkeit,
des omnipotenten Größenselbst,
das über der Welt steht, der Natur sowieso
und erst recht jedem Gott.
Permanent plappert die Stimme, lässt keinen ruhigen
friedlichen Augenblick, keinen Moment der Besinnung,
kaum irgendein Gefühl zu.
Denn gerade diese müssen abgesperrt sein
hinter Staudämmen gefangen, in Betonbunkern versiegelt,

in kleinen Dosen erlaubt, damit die Medien dann
schnell vorm Hass warnen können, vor der blinden Wut
den gefährlichen Gefühlen, allem was riecht
denn nur die Vernunft sei rein, die Logik, die Mathematik:
Die westlich-moderne Kultur halt.
Aber Lamm- und Ziegenkebab riechen intensiv –
deshalb verbieten die politisch Korrekten
gleich jegliches Essen in U-Bahnen
und später dann Kebab Standl, außer denen,
die Schweinsschnitzel feilbieten:
Rein ist das Denken und die Wissenschaft ist heilig
und sphärisch schön und unerreichbar abgehoben
die Institutionen unserer Vernunftskultur:
die Literaturtempel und Wissenschaftsforschungskirchen
und die Modernen Museen und der Mutter-Erde
ausstrahlende ORF (bevor er zur Propagandamaschine
der Pharmakartelle verkam).
Ununterbrochen plärrt diese innere äußere Stimme
kritisiert alles und jeden und hat man nicht genug Schneid
ständig alles rundum herunterzumachen
seziert sie einen selbst, das Aussehen, die Figur
die Frisur, den Erfolg den man nicht hat
das ganze Leben halt, das man sich so vorstellt,
fies und mies muss die innere äußere Stimme werten.
Denn im Innersten denkt man sich nichts wert
seit der Kindheit schon – kein Urvertrauen
Vertrauen in Gott natürlich gar nicht
die Jugend ist schon lange ohne Gott
nun ist sie auch ohne Erde innen drin
und ohne Mark und Sehnen und Blut;
nichts ist man wert seit der Kindheit,
denn nie wurde man als man selbst geliebt
nie angelächelt von sicheren Augen
nie geliebt von warmen, ruhigen, starken,

milden Blicken, stets bespiegelten sich fahrig-gehetzte
Blicke in den Pupillen
als wären die Kinderaugen aus Glas, aus Spieglein an
der Wand und zu solchen richtete man sie zu.
Kein Urvertrauen bei den Erwachsenen –
keine Erwachsenen überhaupt; bloß ewig
nach Liebe gierende Kinder, schlingende Bestien:
brutaler als jegliche Natur, die Löwenbabys abschleckt
und Elefantenkälber zärtlich streichelt
und Wölfen die Lefzen leckt.
Narzisstennatur ists, Kinder als Partnerersatz zu wählen,
weil vielleicht Beziehungen zu sehr
die eingebildete Souveränität aufs Spiel setzen würde –
lieber spielt man Beziehung, perfekte, besondere
und großartige oder halt gar keine –
Vatermutter Staat zahlt eh...
Aber irgendwie ist nie genug, denn die Liebe fehlt
dann doch und die Frauen bei uns werden eben nicht
von einem Faun bärenstark angepackt
und die Männer fliegen nach Thailand oder Indonesien
und missbrauchen Kinder bzw. in beiden Amerikas
kleine Mexikanerinnen.
Aber wir sind dennoch politisch korrekt
und belästigen einander sexuell niemals
durch einen scheelen Blick.

Nie ist genug Liebe da, als Kind wird man nicht geliebt
sondern hat als Partnerersatz viel mehr zu leisten
als man zu erbringen imstand sein kann;
und als „Erwachsener" macht man in dieser Rolle weiter,
ist für alle anderen da, oder für gar niemanden
ist ständig zurückhaltend bescheiden
und erwartet den Lohn durch Liebe
und manche Esoterikerinnen auch durch Mutter Gott.

Man quält sich endlich mit der inner-äußern Stimme
die letztlich einen selbst fertigmacht.
Oder man dünkt sich der größte, beste
Ich-Gott am Thron zu sein, der auf Bildschirmwisch sich
in einen Mongolen verwandelt oder Tataren
oder Kasachen, jedenfalls jemand, der einen Adler
fliegen lassen kann, der sich flugs in eine
Computerdrohne verwandelt.
Alles ist machbar und alles ist Spiel.
Gamewinner gewinnen 1, 5 Millionen,
die natürlich die Computerspielindustrie zahlt
und die Wirklichkeit ist reality und nichts ist real
alles Vereinbarung, soziales Konstrukt, Übereinkunft
und die lässt sich durch Sprachwissenschaftler
umpolen ins Menschliche ... ins Menschliche?
Was soll das noch sein?

Wir sind alle Avatare, leere Hüllen in die ein Gott
Mammon oder Cybergod oder der Nachbar uns
in seiner Matrix gegeneinander antreten lässt und wir
strampeln brav mit und die innere-äußere Stimme
befiehlt den nächsten Spielzug,
den folgenden Karriereplanschritt, die nächste
Unmenschlichkeit wider unsere natürliche Natur.

Die allerdings kennen wir gar nicht mehr,
aber wir haben eisern vor, die Natur zu schützen
und das Klima zu retten und den Wandel zu stoppen,
den wir Nichtwissenden, Unwürdigen mit unausgegorener
Technik und unzureichender Wissenschaft
schuldhaft verbrochen haben.
Doch nun wandeln wir das Land mit der richtigen
Technik und der heilbringenden Wissenschaft
In einen Ort, wo laktosefreie Milch

und Honig von fair behandelten Bienen fließen.

Wo ist die Mutter, die ein Kind zärtlich und fest zugleich
an der Hand zu nehmen imstand ist?
Wo ein Vater der einmal ein Machtwort sprechen kann?
In Liebe und Zärtlichkeit nicht in paternalistischem Wahn.
Und wo ist die Großfamilie, die den Eltern zur Seite steht
mit Rat und Tat und manchmal eben auch Kritik?
Zersplittert, zerteilt, marginalisiert –
in Afrika irgendwo vielleicht, von wo wir sie
nicht hereinlassen; rückständig nennen wir sie und bös.
In der Geschichte verschwand die Sippe: als Inkas
als blutrünstige Mörder und Opferheiden verunglimpft,
als Azteken ausgerottet von Missionaren,
Mönchen und Söldnern mit Donnerbüchsen,
als nordamerikanische Indigene jedenfalls niedergemetzelt
von der US Kavallerie; und von Ölkonzernen und
größenwahnsinnigen Präsidenten in Südamerika
im Namen des Fortschritts ausgerottet.
A ja; die Natur – haben wir kurz vergessen
wir schützen das Klima eh, aber der Urwald
(der dreckige) steht halt dem Sojaanbau im Weg
und unserem Recht auf das tägliche Fleisch –
wie es in der altväterischen Bibel uns schon verbrieft ist:
„Unser tägliches Fleisch gib uns augenblicklich
und wir vergeben nie und erlassen keine Schulden".
Die Hypotheken der wenigen Reichen
werden abgewälzt auf die Schultern der Vielen
und Armen – und Amen.
Heiden, schmierige Indianer, speckige Wildlederröcke,
lange Haare und gutturaler Gesang, Aberglaube, wie
Kniefall vor Bäumen – aus denen machen wir Klopapier:
wir sind der Fortschritt.

Und in den Glasaugen unserer Kinder
spiegeln wir unsere Größe und unsern Erfolg
unsere Skyscraper, Banktürme und die virtuelle Welt.
Impfen ihnen unsere Werte geradezu ein mit den Blicken,
denn Impfen ist Pflicht bei all den Bazillen.
So können sie gar nicht anders, als Anerkennung heischend
groß und größer zu werden in ihrer Einbildung.
Denn die Kinder starren in unsere stecknadelkopfkleinen
Pupillen oder in die grenzenlos erweiterten uferlosen
um sich selbst zu sehen – als geliebte Wesen,
als Babys, als Natur, so wie sie ist, um ihrer
selbst willen geliebt, einfach geliebt.

Und beschützt und umsorgt; nicht jedoch
von Hubschraubereltern permanent umkreist in ihrer Angst,
etwas falsch zu machen.
Denn diese Unsicherheit geht über auf die nächsten
Generationen, so wie die Angst und der Kontrollwahn
und der Gedanke, man müsse grenzenlos sein.
Was bleibt einem da, als größenwahnsinnig zu werden
oder wenigstens ein Bachelor-Titel.

Überall lesen wir (in unseren ultrahightech Handys)
von Selbstdarstellung und Image, von gelungener
Präsentation und dem Talent, sich selbst zu vermarkten.
Davon, als Influencer Werbegelder zu lukrieren
und die Welt schöner zu gestalten
mittels Schminktipps und Fashion, Styling
sowie Accessoires en masse.
Alle waren sie gleich, diese armen Leute, spiegelbildgleich;
der Unterschied lag bloß in der Dekoration.

Ach – die Natur,
natürlich haben wir sie nicht vergessen,

die Klimakatastrophe ist im Anrollen –
wir sind dagegen, sobald wir Zeit dafür
erübrigen können zwischen all den Vorlesungen
und Selbstvermarktungskursen und Tweets.
(Und einige demonstrierten dann doch
und verhalfen der Elektroindustrie
zu exorbitanten Gewinnen.
Und Atomstrom färbte sich grün sowie das Gas.)

So sprachen und dachten sie dazumal,
als noch die Welt war als Tummelplatz der Arten
und Menschen aufgerufen gewesen wären,
zu dokumentieren – nun stehts
in der Chronik der Gräser geschrieben
zu lesen für Faune und Feen, Biber, Bären und Efeu.

111.

Wie lässts sich in einem Satz fassen?
Wenn Zeus die Weisheit aus dem Kopf gebar,
eckig und spitz und schrill in ihren Ansichten
statt aus dem Herzen rund und füllig und gnadenvoll
wo hätte das enden sollen als
im postmodernen Wahn von der Beliebigkeit
bei gleichzeitiger: alles-bleibt-beim-alten
Ideologie, welche das Klima endgültig wandelt
trotz allem großsprecherischen Geprahle?
Der Geist wird in der europäischen Kultur
letztlich als Intellekt begriffen –
selbst Theologen glauben an den Verstand, den Logos
keinen unberechenbaren Gott;
an wen wohl sollte dann die Wissenschaft glauben
und wo sollten die Kinder Halt finden
und wie die erwachsenen Menschen?

Dann kamen sie traurig drauf, dass der Verstand
nicht größer als die Welt ist –
nicht einmal so groß wie Gott.
Doch da war `s bereits zu spät.
Einige glaubten dennoch an Rettung, dazumal,
dass dann die Kinder auf die Straße gingen
zu skandieren: „Wir sind hier, wir sind laut, weil ihr uns
die Zukunft verbaut" oder „versaut"
oder „klaut" war höchstnotwenig.
Wozu in die Schule gehen, Bachelor oder Master
von irgendwas werden, wenn dann da
keine Welt mehr wäre – keine lebbare zumindest
in der man dann arbeiten und Geld verdienen könnte,
wenn man denn überhaupt Arbeit fände –

jedenfalls wars notwendig und richtig,
dass die Kinder und Schüler und Jungen demonstrierten.
Im Übrigen:
wozu in die Schule gehen oder auf die Universität,
wenn alles was man dort lernt nur dahin führte,
dass die Welt unbewohnbar wurde?
Nun: ein Hyperingenieursstudium wurde angeboten,
wo Terraforming bereits auf der Erde gelehrt wurde
nämlich um die Erde so zu formen, wie sie sich
endlich zu fügen hätte:
sauber, smart, grünstromig und sanft,
stets der Menschheit und den Reichen dienend.
Es war abzusehen, dass trotz Überbelegung der Hörsäle
(manche brachten Holzsteigen mit um kein
verpöntes Plastik zu verbrauchen)
die Erde nicht mehr zu erretten war –
(diese widerspenstige, sinn- und nutzlose,
Mutter der schmutzigen Natur).

Gott lässt sich nicht denken... überhaupt
ist das Denken reine Erfindung des Männlichen –
seit Aristoteles werden Begriffe gefunden,
die zusammenhängen sollen: Kategorien, reine Vernunft
spezifische Trennung, wo A ist
kann nicht zugleich B sein...
gilt vielleicht für die Logik, aber nicht fürs Leben
nicht für die Psyche und schon gar nicht für die Welt...
Wo Wut und Liebe miteinander emulgiert werden
Ablehnung und Bedürfnis, entsteht Zärtlichkeit;
wo beides unverbunden nebeneinander schwärt
reißt es Narziss/Narzisstin zwischen Hass und Anbetung
hin und her... stürzen sie aus himmelhohem Jauchzen
in den eiskalttiefen Angsthöllenschlund.

Natürlich kann A und B gleichzeitig an einer Stelle sein
auch wenn A nicht gleich B ist –
nur in der westlichen Mathematik
scheint dieser Widerspruch zu existieren, der die Trennung
in Himmel und Hölle forcierte,
die postmoderne monströse Unzusammenhängigkeit.
In jeder anderen Kultur – insofern sie noch wirkt –
sind das männliche Prinzip und das weibliche
stets nur als Einheit vorstellbar: als Teil des Ganzen
immer präsent, nie wirklich ausgeschlossen denkbar:
Solch Gott ist die Welt und alles darüber hinaus und der
Ursprung und der Urknall und das Wasser,
das auf die glühende Erde gelangte.
Solch Gott schuf die erste Feder, das Leben überhaupt
und den allerersten Menschen.
Gott kann man nicht denken: Denken als Vorgang
ist eine bescheidene Funktion, zumal dann
wenn es nicht aus dem Herzen kommt...

Wenn Weisheit Logos gleichgesetzt wird,
lässt sich vortrefflich über Umweltschutz plaudern
Klimaziele und Verminderung der Gletscherschmelze
und gleichzeitig die Dieselsteuer nicht erhöhen
und überhaupt die ganze dumpfe Natur
weiter emsig ausbeuten.
Ah, ja – der Klimaschutz... so wichtig
doch gleichzeitig wird der Semmering
fast der Länge nach durchbohrt
damit ein Zug von Deutschland nach Italien
2o Minuten schneller ans Ziel kommt.
Theoretisch: denn die Verspätungen sind eher
mit den Einsparungen am Personal und den
aktionärsüblichen Gewinn-Ausschüttungen,
welche ohne notwendige Sanierungen

nun mal beträchtlicher ausfallen, stimmiger zu erklären...
Also durchbohrt man einen Berg;
riskiert trotz der mannigfaltigen Warnungen
von Umweltschützern die Austrocknung
einer ganzen Region, weil, wie zu erwarten,
das im Berg gespeicherte Wasser
nun abrinnt, als hatte man einem Schwein
in die Schlagader gestochen.
Angeblich wird das Wasser gesammelt und gespeichert.
Dann wieder über Felder und den Wald abgeregnet?
Von welchen modernen Wundermaschinen?
Montgolfiers vielleicht?
Wer `s glaubt ist technoselig.

Ja, ja die Natur – was kann man schon machen wo sie sich
so unberechenbar gibt trotz des guten Willens
der Ingenieure und Umweltberater...
würde sie sich den Zahlen und Skalen und Daten
Messungen und Zeitplänen fügen,
wäre sie entscheidend besser dran.

Gott, der die Welt ist, verhält sich wie Shiva
und sein unendlicher Tanz:
Denn der Tanz ist die Welt und ohne Shiva
nicht vorstellbar; aber Shiva ist nicht der Christengott
der von außen auf die Welt blickt und meint:
gar gut habe ich sie geschaffen
und dann steht er außerhalb der Welt,
sich nicht zuständig fühlend
und bald gestalten die Menschen die Welt.
Fragen sich kurz: wozu brauchen wir dann
überhaupt einen Gott?
Und dann: `s ist eh keiner da... ja –
solch eine gottlose Welt blickt sich in den Spiegel, ruft:

wie wunderschön bin ich doch gelungen und zerspringt.
Eine Welt, die Tanz ist, und er, Gott, der Tänzer
lässt sich nicht zertrennen: nicht mal durch die
Unmelodien moderner serieller Musik.

Gott ist, was vor der Welt war, was in der Welt ist,
was die Welt sein wird und was nach dieser Welt
existiert oder nicht.
Die Wissenschaft rührt nicht am Tabu:
Unzulässige Frage, was vor dem Urknall gewesen sei:
Da gab es noch nicht Raum und Zeit –
die entstanden ja erst gerade mit dem Universum,
also kann man unmöglich überhaupt darüber reden...
Nun ja: natürlich kann man sich fragen wohinein
denn sich dieses Universum ausdehnte
und was war bevor es sich dahinein auszudehnen begann?
Dieselbe Sphäre existiert immerzu
auch in diesem Augenblick
weniger als einen Millimeter von
der Nasenspitze entfernt – in der Nasenspitze,
denn es ist haargenau einfach eine andre Dimension
eine andere als die aus Raum und Zeit
eine jenseits davon...
Und wem ist zu verübeln diese als göttliche Sphäre,
als Himmel, zu imaginieren?

Die aus dem Kopf geborene Weisheit aber
kann wenig damit anfangen – Mondraketen, ja,
Raumstationen in andren Sonnensystemen, sowieso;
die Kolonialisierung der Galaxie: unbedingt;
Wurmlöcher, Hyperraumantrieb, Faltung des Weltraums,
dass wir den wie ein Papierblatt zusammenlegen
und dann wär der fernste Punkt zugleich der nächste:
Welch Größenwahn, als wollte man mitten durch die

Erde nach Neuseeland, weil das kürzer ist
als außen herum...
Und den Weltraum zusammenlegen?
Welch Hybris, nur dem männlichen Denken möglich,
das gerade dabei ist die Erde auszulöschen...
Esoterischere Ingenieure mögen von Starships
angetrieben mit reiner Gedanken-Energie schwärmen.
Oder irgendeine „freie Energie" aus dem Weltenraum
geklaut, noch mehr Ressourcen von Mutter Erde
zu verbrauchen...
Nun – es wird andere Energieformen geben
als die elektrische,
spirituelle Meister des Kriya Yoga sprachen vom
Magnetzeitalter,
aber ob die Menschheit dorthin je gelangt,
wo sie dabei ist auf schnellstem Weg die Erde
unbewohnbar zu machen, bleibt dahingestellt...

Für Narziss in seiner Grenzenlosigkeit,
der den Buddhismus sich vorstellt als Philosophie
in der das Ich der Unendlichkeit gleichgestellt ist
ohne einen Gott, der im Weg steht
ist natürlich die Milchstraße der Pfad
zur Besiedelung der Welten.
Es mag natürlich andere Lebensformen geben,
als einzig die irdischen – aber niemals würde eine Kultur,
die derart auf Raubzug aus ist wie die westlich-moderne
jemals die Grenzen des Sonnensystems überschreiten
ohne zuvor bereits drei Mal die Erde
aufgezehrt zu haben und daher gerade wieder
bei null zu beginnen hat:
in einigen Hochtälern im Himalaya vielleicht,
an einem Seitenarm des Orinoco; in den Anden, an
einem nichtverbrannten Dschungel des Regenwaldes.

Doch selbst das ist von heute aus gesehen nicht gewiss,
zu rücksichtslos plündern wir die Erde aus
zu eindeutig werden wir die Folgen zu tragen haben
zu klar kehrt alles zum Verursacher zurück.

Natürlich erschreckte der patriarchale Gott zutiefst,
auch ohne Menschenopfer bedrohte er zu übermächtig
den heranwachsenden Jungen; sobald dieser sich umdrehte
wurde er zu Boden geworfen und von hinten genommen,
also muss Gott sterben, riefen dann auch die Frauen,
und je enger die Gemeinschaft geriet
desto gewaltiger drückte Gott auf die Seelen der Gruppe:
In der Kleinfamilie dann wars nur mehr der Vater,
der den Jungen knechtete, die Tochter missbrauchte.
In logischer Konsequenz wurde jegliche Familie
Abgeschafft und durchs Reagenzglas ersetzt...
Allein ein einziges Ego jedoch (sei `s das einer Mutter
oder eines Vaters) erdrückt die kindliche Psyche gewaltiger
als all die Alten in einer Sippe,
die gegenseitig einander zähmten und versöhnten,
und Respekt kannten – vor der Natur, den Göttern,
den anderen.
Die Allmacht des einzigen Ego
erträgt kein menschliches Wesen:
Unmenschlichkeit war die Folge,
Kinder, mit narzisstischer Persönlichkeitsstruktur
Jugendliche, denen jede Regel unzulässige Einschränkung
ihrer Freiheit hieß, denen jegliche Grenze an Tod
und Fäulnis gemahnte.
Das übermenschliche-unmenschliche Über-Ich wurde
durch selbstreferenzielle Software ersetzt,
die Alten gemächlich von Krankenhausrobotern
durch die klinisch-weißen Säle gekarrt; das Essen mit
selbststeuernden Flug- und Bootsmaschinen zugestellt.

Keiner mehr, der durch seine schiere Existenz
viel im Weg herumstand.
Da waren ihrer nicht mehr viele Menschen auf der Welt,
und der Rest sollte ebenfalls bald verschwinden.

Seltsam, dieses Zeitalter des Narzissmus,
in dem Religion Privatsache, aber die sexuelle Orientierung
ein Politikum ist. (Und der Impfstatus natürlich).
Selbstverständlich soll jeder
die geschlechtliche Identität leben,
die er hat, ob Homosexuell, Bi, Transgender usw.,
aber die Kritik, dass man sich die sexuelle Identität nicht
aussuchen kann, wie ein Kleid für die Nachmittags-Party
sondern seine sexuelle Identität ist,
als homophob oder sonst wie abzutun
zeigt vom narzisstischen Größenwahn der Gegenwart.

9o % der Menschen sind eindeutig Mann oder Frau
(mehr oder weniger).
Kindern einzureden, sie sollten die sexuelle Ausrichtung
unbeeinflusst sich selber aussuchen
(als ob die Pubertät nicht ohnehin eine verrückte Zeit wär)
ist, gelinde gesagt, zumindest eine Gemeinheit.

Ohne Urvertrauen gibt's kein glückliches Leben.
Wer glaubt, nicht zu genügen, muss permanent
sich beweisen, glänzen, die andern übertrumpfen,
was vorspielen, darstellen; zu sein reicht nicht...
Mütter ohne Urvertrauen können Babys keines schenken,
und die Väter sind sowieso seit Generationen abwesend:
Wenn eine Gesellschaft so eindeutig den Boden
unter den Füßen verloren hat,
wie die unsere, dann scheint jede Hoffnung blanker Hohn.
Das Äußere, der Schein, das Image zählt –

das Gegenteil von inneren Werten, Urvertrauen,
innerer Ruhe, Sicherheit, Geborgenheit wird gefordert;
wie soll solch Gesellschaft je den Weg zurückfinden?
Wie solch Kultur überleben?

Teil 3
Die Nacht und der Dämon

(Ein sphärisches Echo aus der Historie einer Vergangenheit, als der Mensch noch existierte)

1.

Gott gab mir einen Grashalm als Stab, mit ihm schlug ich
hurtig und geduldig gegen den Felsen der Wörter;
heraus quollen vergessene Düfte und ein
sprudelnd frisches, stilles, bernsteinfarbenes Licht.
Ich hatte zuvor Wörter vergossen, Töne zerbissen,
Sätze geatmet, großartige Ideen gekaut. Kein Brot gekannt.
Dabei verschluckte ich mich, starb, erst qualvoll,
dann freudig: die Hölle scheint ein Ort zu sein,
wo andauernd Spaß herrscht, Dauersex und Singlemenüs
rund um die Uhr – sogar mittwochs – feilgeboten werden.
Zudem wird's nicht heiß, sondern eisig,
doch nie hat wer Zeit:
Gegenteil der Ewigkeit, ununterbrochen keine Zeit,
und bei allem Treiben, Bumsen, Fressen,
spürt niemand etwas wirklich, nie auf Dauer;
nur die Häute des Lebens tauscht man allmorgendlich
und die Motive der Bildschirmschoner und so manche App.
Ich nutzte meine zweite Geburt, atmete Knospen ein
eine Nussblüte aus, bestieg dazwischen den inneren Gipfel.
Da gab mir eine Tanne die saftige Hand.
Die Nacht hatte den Dämon überwunden.

*

Einst, nachdem wir die Krähen verraten hatten
sowie die Wälder vertrieben und die Flüsse gemordet,
warfen wir die zerbrochenen Wolken und den Wind
in das genordete Kalk des Kerkers.
Danach schritten wir blätterlos zu den Hütten des Hafers,
zerrieben Himmel zwischen den Fingern, seine Bläue
zu messen, und warfen die verbrauchten Reste

auf den Beton neben dem Stroh.
Schließlich zerrissen wir die Zweige des Lichts
mit den Zinnen der Zähne, zerschnitten Gewitter
mit Messern aus Gold, und selbst vor den unsterblich
tiefen Seen in unseren ältesten Gliedern machten wir
nicht demütig Halt.
Endlich schändeten wir die Füße, und schoren
auf den Knien, unter dem lecken Dach
der Telegrafenmasten, verwilderte Häupter
und alle Wiesen kahl, ohne noch einmal zu rufen.

*

Die, welche gegen Walderdbeeren und Disteln, Füchse
Farne, Granatapfelbäume, Wölfe und Gänse
unvergängliche Flüche ausstießen, spie das Schicksal,
gnadenloser, ein zweites Mal aus.
Inmitten der Straßen, unverdaut von der Bulimie
der Busse, brodeln sie mit Bravour, wie unendlich
blubbernder Asphalt, ohne jemals fest zu werden,
ohne begehbar zu sein, auch ohne menschliche Weichheit,
ohne Sinn.
Sie beobachten den Wasserfall aus dem achten Stockwerk
und den Regenbogen, der sich von einem Schornstein
zu einer Katze spannt und dann seine Farben
gehetzt an eine Ölpfütze schillernd verströmt.
Der Zyklus der Zyklonen erweckt die Begeisterung
aller Toten, reißt sie aus ihrem ewigen Sekundenschlaf,
verweist sie auf die Abrissblätter eines Kalenders
aus Kastanien, aufs Grönlandeis.
Auf dem Beipackzettel lesen sie von der Magie
der Möhren, der Konsequenz des Violetts,
dem scheuen Kaleidoskop der Sandkörner
und der raschen Schönheit des Wassers.

Ich schreibe die Stille, sie haust hinter den Lidern,
weit hinter den Köpfen, jeweils zwischen einem Blatt
am Baum und einer Buchseite: allein, sie schenkt
ihr Schweigen gar der Sprache, wenn wir wissen und
wollen,
dass die Wolken und die Worte eins sind,
und die Vorder- sowie die Rückseite eines Spiegels
immer nur sich selber meinen,
und Tiere, Silben und Takte von selbst auf Papier sprießen,
Das leere Blatt Papier ist die Teichoberfläche, auf der
lächelnd eine prächtige Mondin scheint.
Sieht sie lange genug uns an, beginnt das Kreisen
und die Wellen fluten quirlig und wuchtig über das Weiß.
Wenn die Hüften aus Meer dann rhythmisch
an den Strand schlagen, ekstatisch, weich schmeichelnd
und fauchend, verwischt der Unterschied
zwischen den Nächten, glättet sich die Unebenheit
der Tage, gießt der Himmel Regen und einsilbige Farben
über die dschungelgrüne Schrift.
Mit dunklen Augen blickt die Erde zum Himmel, sie weiß:
das Feuer und das Wasser, der Wind und das Holz
sind eins, sind randlos sie selbst.
Auf einem Hügel nahe der Stadt, zwischen Grassamen,
prall wie Ähren die Seele zu nähren, zu den Füßen
eines Waldes, wandert der Wind einen Bach hinab.
Er und das Meer schreiben das beständig sich ändernde
Manifest des Seins:
Zerfließende Nebelberge, einen Strauß Wasser, hurtig
krabbelnde Hirschkäfer, Mittagstauben, eine Wurzel
versunken im Stein, ein einsamer Baum der hoch fliegt
wie die Vögel; tagsüber steht er gelehnt an einen Stock
aus Lianen, nachts verschmilzt seine Krone mit dem Mond;

selbst wenn in der Dämmerung er gebeugt scheint,
im Silberrätsel der Luna spricht er aufrecht und klar.
Dann gilt er weder einsam noch als Viele, dann heißt er
weder verlassen noch bevölkert; er flieht nicht
und greift nicht an – so wächst er stärker als der Urstamm,
höher als die weltgebärende Esche.
Er ist alles – wie der huschende Feuersalamander
zwischen seinem Moos, wie der Borkenkäfer
unter der Rinde, wie der Regentropfen auf einem Blatt;
versunken ruht die Nacht in sich selbst; der Baum
ist ihr Atmen, die Mondin ihr drittes Auge:
alles ist Sein.
Der schlafwandelnde Baum erwachte in der Stadt,
ragte zwischen Hochhäusern empor,
wuchs auf der Hauptstraße, verständnislos gähnten
leere Fensterhöhlen, den Baum störte nicht
der faule Gestank aus den modrigen Zahn-Gemäuern,
denn anderntags blinzelte er wieder im Wald.
War er der Traum eines Himmels, das Blättererwachen,
oder ahnte die Erde seine Wurzeln, während er schlief?

*

Alles ist Sein: das lebendige Nichts.
Dazwischen rieselt wie Sand zwischen Fingern der Krieg,
Kinder, Frauen, Tiere, die Götter, die Zukunft.
Mit der andern Hand pflanze ich Erde in eine Erle
ihre Zweige spielen Verstecken mit meinem inneren Kind.
Die Vorahnung jedes wiederkehrenden Frühjahrs
erfüllt unser Spiel mit Ernst, unsere Bemühungen
mit möwenfluglichter Unbeschwertheit,
unseren tatenvollsten Moment mit einfachster Stille.
In den Wolken versammeln wir uns, tratschend,
zum Leben und Sterben.

Dahinter, jenseits der Wolken, noch jenseits
des Himmels sind wir, wie alle anderen, eins und ganz.
Dort offenbart uns der gemeinsame Mond das Geheimnis
der lückenlosen Wiesen, die Gesänge der Maulwürfe,
das Arkanum eines zusammenhängenden Herzens.
Darin erblüht das malvenfarbige Licht
eines Bergkristall-Sommers, der rosentiefe Schatten
der Versuchung durch das Grün, die Gnade der Blätter,
das Mysterium der Pflanzen, Knospe des Laubs.

*

Durch die Nebelblumen ohne zurückzublicken schreiten
wir an den Waldveilchen des Vergessens vorüber,
eine Handbreit in der Erde hinkt ein Bein, das zweite rast.
Endlich ankommen unter den Wurzeln halten wir Andacht
ohne Scham, sitzen mit dem Tiger der Erleuchtung,
Zeugen der Hochzeit der Seekuh mit dem Adler,
Glückstaumel und Elefanten, der Ebenholzpfad
verschwägert mit Pergament. Palmblätterbibliotheken
entfaltet der Sturm.
Der Wind schreibt diesmal mit seinen harten,
den böigen Händen Ziffern in die Wellen, endgültige
Zeichen, unverrätselbare Zahlen:
über weggeworfene Wälder, versalzene Seen, über Hunde,
die ausgemustert wurden, und Kinder, die der Granit fraß
im fernen Indien.
Mit einem Biss verschlangen wir flusslange Urauen,
holzten 5o-tausend Hühner ab per Tag, brachen aus
Markknochen die Samen heraus für unser Gold.
Hybridauberginen verrieten die Farben der Götter,
eiskalte Augen starren vom Angstschweiß getrübt
beim Anblick des Birnbaums; ihr leeres Lächeln
erzählt von Welternährung und totem Dotter.

Der hohle Mann hält sich an Chemie, Metall, die Weltbank,
einen mannshohen Pfau, rote Stiere, Anwälte,
Kokaplantagen und diverse andere Söldner des Fortschritts.
Die Hände legen falsches Zeugnis ab,
wenn die Schwurfinger nicht wie wilder Majoran wachsen
oder in unverstellter Steppe wie gelbe Fohlen springen.
Ebenso lügen natürlich die Hüften solange sie nicht
in der Erde wippen, nicht kreisen wie die satten Äste
des Kirschbaums – bedingungslos rund.
Jedenfalls wehte der Wind die Anklageflut
mit den Hurrikans,
mit dem steigenden Meeresspiegel heran:
Beihilfe zum Mord in 1.279000 Fällen;
Anstiftung zur Massenvergewaltigung: 1.158000 Mal;
Beihilfe zur Völkervertreibung / Unterpunkt Urwaldrodung
in 120564 Fällen, 1.500000-fache Versklavung
der Kinder der Ärmsten in Indien für den Wohlstand
des Westens, oder für Glasschmuck mit dem wir uns zieren.
Beihilfe zum Hungertod in jeder fünften Sekunde.
Der Sturm sprach die Anklagepunkte akzentuiert
mit holzberstender Stimme,
der Hagel unterstützte demonstrativ sie
durchs Zerschlagen der Dächer.
Allein die Menschen mit den Dauerlächeln
und den stets zu kleinen Pupillen
drehen die Köpfe, sehen hier einen Einbrecher,
da einen Schatten vorüberhuschen,
dort in einem Spiegel den Verbrecher
das Messer zücken...
Geschäfte waren zu tätigen, sinkende Verkaufszahlen
duldeten keinerlei Aufschub,
grundsätzlich waren sie äußerst geplagt, ja leidend,
hatten keinen weiteren Termin frei für zusätzliche
Unwetter. In einer Notiz hieß es:

„Mehr Kapitalismus verringert den Hunger.
Ausführen, sofort!"
Der Dämon konnte sein Grinsen nicht länger verbergen.

*

Nun trat die Nacht herbei in ihrem samtenen Kleid,
das den Lärm schluckt; edel, aufrecht, anmutig spricht sie
mit ihrer unüberhörbaren Stimme der Stille:
„Blick hierher, Mensch, lass dich nicht täuschen
vom rasenden Rhythmus des Vergessens,
der Worte von Posthistorie, von der ewigen Zukunft.
Nichts bleibt offenbar, nichts verborgen, alles löst sich
im gleichgültigen Stampfen des Tempos;
nichts hört ihr außer der Eile, nichts nehmt ihr wahr
außer das knirschende Gleißen des künstlichen Lichts.
Der Anschein von Helle zieht euch ins dumpfe Dunkel.
Kehrt um, seht in mich, erblickt eure gefangenen Schatten,
befreit meine Konturen zugleich aus dem Nichts –
wagt es, mich geradewegs anzuschaun.
Hier bin ich, Mensch, streife mein dämpfendes Kleid ab,
steh nackt, erkennst du deine Sehnsucht?
Siehst du in mir die Hüterin des kommenden Morgens?
Hörst du in mir deine ungestellten Fragen?
Ahnst du deine Angst vor der Antwort?
Sieh mich an, Mensch, du, der du mir weder vertraust
noch mich fürchtest,
du, für den ich bloß die Abwesenheit darstelle
der Elektrizität und von Valium;
du, der du nur die Dunkelheit kennst, meine immerzu
verirrte Schwester, leicht zu findende Schwester,
du, der du beharrlich erstarrst vor dem Irrtum
verwirrter Mütter, erschöpft von Depressionen
und dem Teekessel schleppen oder Besitz sein,

wenn nicht der Männer Roms, so doch derselben
Gesetze der Märkte und des verfliegenden Genusses.
Wann endlich verlöscht du mitsamt dem peinigenden
Licht und dem violett gequälten Lächeln?
Wann endlich stehst du bar in mir jeder Ausflucht
leben zu müssen oder zu sterben?

Eventuell schweigst du, statt auf das Krächzen
der Städte zu hören, ihr willensloses Winseln.
Dann spreche ich: ‚Vielleicht‘, dann sagt die Dunkelheit:
‚möglicherweise, dann flüstert die Finsternis:
‚gegebenenfalls‘. Und du stehst bloß in mir, der Nacht,
niemandem gehörst du zu und gar nichts ist dein.
Nicht versuchst du mich zu durchwaten, du weißt,
ich bin die tiefste Stelle in dir.
Du fällst, du fällst, dein Schatten schält sich aus Dunklem,
er stürzt mit dir durch dich hindurch und du durch ihn
und siehe:
Weit genug war ich, dich völlig zu umhüllen, all die Bäume
und Tiere, die du aus dir verbannt hast, sind
mit deinen Konturen sanft verflossen,
heimlich habe ich all das Leben zu einem verschmolzen:
So konntest du begreifen, dass du auf Wurzeln stehst und
ein Winterpelz dich birgt und vier Beine dich
durchs Dunkel tragen und vier Flossen und ein Paar Flügel
dich durch den Ozean ziehen.
Du siehst dich stehen und staunen, danach hörst du auf,
zu starren, du tust oder tust nicht, jedenfalls endlich:
du bist.“

*

Heute herrscht der Südwind: die Freunde zerbeißen Äste,
knabbern Knospen, lassen sich Löwenzahn und

junge Buchenblätter munden.
Ein feindlicher Faun, Priaps virtueller Gesell,
selbsternannter Hüter des Bösen, Erdchenverschlinger,
Eichkatzenwürger, Samen-auf-die-Toten-Bringer,
Großraumbürobürger, Blumenbändiger,
Impfpflichtexekutor, Zwiebelbezwinger,
Privatunitutor zerschlägt mit den großen Zähnen
die Himmelsnuss, mit den kleinen
zernagt er eine Frauenhand; dann verschmilzt
die Hitze die Hauswände und Zäune mit den Knochen.
Duft des Meeres, hoch wie die Möwe fliegt,
streicht übers Stöhnen, Pollen der Meeresschaumkronen,
Ozeanplatanen recken sich aus den Augen.
Meereslinden süßes Harz klebt an den Wangen,
die Wimpern wiegen sich wie feine Härchen der Korallen,
eine Gedichtzeile tropft aus dem schweißnassen Haar
auf ein Wasserblatt, versinkt, verweht im Meeresstrom;
auf der Zunge zergeht das zitronenfarbene Gewitter.
Ruhiges Ausatmen erweckt einen Kreis, nie lügt der Duft
der Linden, jedoch: wer die Haut nicht kennt, die riecht
und keinen Gaumen hat zu sehen,
der fühlt selbst das Rauschen der Schatten
nicht auf seinem Handrücken, schmeckt weder die Hitze
noch hört er die Warnung des Winters.

Nach der Nacht erwacht eine heilige, scheckige Kuh,
sie spricht:
„Mein Leib ist das All. Meine Hörner stützen
das Firmament, meine Hufe durchfurchen die Äcker,
machen sie fruchtbar; ich bin eure Mutter,
meine Milch nährt euch, mein Dung wärmt euch,
meine Haut birgt euch, meine stets geduldigen Augen
schenken Frieden und Trost."

Der Mensch kreischt: „Ich bin eine Frau, also
ein Mann – mich übertölpelt Natur nicht.
Mit sechsundsechzig bekomme ich Zwillinge,
mit 69 dann bin ich tot – bevor zu stark gealtert,
jedenfalls tue ich, was mir Spaß macht.
Nennt mich nicht anmutig, cool bin ich,
böse und schön, perfekt gestylt
und jederzeit hip. Ein Bild von einer Frau..."
Der Mensch knurrt: „Ich bin ein Mann, also
ich allerselbst – die Götter schuf ich
mit meinem Verstand, den Wohlstand bracht' ich,
die Zivilisation – mein Wille pur, keinerlei Spur
eines Gottes; Neuronenkoppelungen nur und
Kopulationen. Meine Blicke erbauen die Welt,
Hochhäuser, Tiefgaragen: wo ich den Pfahl
meines Blickes hinpflanze entsteht endgültige Erde.
Ich blicke durch Vögel hindurch und durch Länder,
durch fremde Augen und den Schatten des Monds.
Schließlich blicke ich mich durch die Phrasen
der Geister inmitten hinein ins Atom.
Von dort her bau ich eine gültige Welt neu.
Ohne das Altern, ohne den Tod."

Nichts antwortet. Trotz erwartungsfroher Spannung:
keinerlei Zeichen.
Allein ein Meer verschlingt langsam eine Küste,
versalzt die Böden und Stürme zerwerfen die Stadt.
Nun flüstert der nachdenklich gewordene Mannmensch:
„Ich bin ein Kind. Ein zu groß gewachsenes Tier.
Ich will morden und plündern, Pirat sein, Freibeuter,
Investmentbanker, die sieben Weltmeere
des Cyberozeans durchpflügen auf der Jagd
nach dem Schatz, dabei Bräute verführen,
mit einem Mausklick feindliche Schiffe versenken,

1o.ooo Millionen und mehr.
Die Verlierer verhungern, was soll's? Ist alles bloß Spiel."
Die Platane klagt: „Bin ich als einzige noch bei Verstand?"
Was denken wir vom Vogelwunder?
Tritt die Prophezeiung der Brombeeren wohl ein?
Die Demokratie der Datteln? Die Lex leguanensis?
Die Gleichheit der Wesen, einerlei ob Ameise, Wolf, Kaktus,
Marille, Igel, Kamelie oder Eisbär?
Oder ermuntern wir die Biber, sich am reichlich gedeckten
Birkentisch zu bedienen?
Was, wenn der Büffel von den Zwetschkenbäumen nascht,
zwischen den zerbröselten Zementwänden.
Und ein Walnussbaum mit den Ästen über
verrostete Blechdächer kratzt, auf einer Autobahnbrücke,
Schnellstraße ohne Wiederkehr.
Wenn die Büsche durch die Städte wandern, Blumenbeete
Inseln bilden der sichtbaren Rückkehr des ewigen
Kreislaufs; Maulbeerblätter mauscheln und Tannen
tratschen und tuscheln:
„Kein Mensch, wo ist der Mensch?"

*

Die heilige Kuh spricht:
„Ihr nennt mich rückständig, naiv, totalitär?
Erkennt ihr denn nicht, wie eure diktatorische Art
die Natur zu beherrschen, euch und die Welt in den
Abgrund reißt? Ihr heißt mich vorgestrig?
Ich bin übermorgig,
aber euch gibt es wahrscheinlich morgen schon nicht."

Die heilige Schlange zischt: „Mein Rückenschild schützt
den Erleuchteten, von den Schwanzwurzeln tief in der Erde
bis in den Himmel über den Augen.

Meine Zunge vertreibt die Dämonen, mein Schuppenpanzer
wehrt die Düsternis ab, die Lüge; mein Biss
befreit vor der Illusion, dass der Körper ewig währt."

Der gesegnete Schmetterling spricht:
„Meine Schwingen durchweben das Weltall.
Auf einer zeichnen sich Kontinente und Meere ab in Blau,
Smaragdgrün und Sandstrandtürkis.
Auf der andern steht gemalt das Symbol des ersten Wortes
zudem wachsen dort die Urwälder und Märchen,
sowie die Namen von allem."

Der heilige Tiger faucht:
„Mit einem Satz durchquere ich die Erleuchtung;
sieben Mal siebenhundert Geburten liegen
zwischen meinen Streifen verborgen.
Die sanften Finger des Lichts öffnen den Lotus;
die Bananenstaude braucht weder
Arme noch Beine und entwickelt sich doch fort;
der Mensch kommt mit allen seinen
Fahrzeugen keinen Schritt weiter; steht still
und horcht in den sintflutartigen Regen.
Gelb und Braun sind die wirbelnden Haare des Winds."

„Nein, nein!" rufen die Wissenschaftler,
die Dinge haben unrecht!
Alle Tiger und Schlangen täuschen!
Der Wind ist kein Lebewesen sondern ein totes Stück
Holz. Nichts lebt, was nicht fortgesetzt denkt,
nichts gibt es, außer Reflexionen."
Eine Platane widerspricht rauschend: „Papperlapapp!
Jede Krähe in meinem Geäst spürt mehr
als ein durchschnittlich sich selbst kontrollierender Mann;
jede Katze lebt dösend intensiver als ein Mensch,

der Gefühle abwürgt.
Ich gar besitze mehr Bewusstsein als ein Nobelpreisträger,
der zur fortschreitenden Zerstörung der Erde beiträgt."

„Nein, nein!" rufen die modernen Schriftsteller,
„die Literatur trat aus dem Wald heraus.
Sie ist jetzt glasklar und klug und logisch und rein."
„Blech", blökt ein Schaf,
„die Literatur, die aus dem Wald trat, ist kahl und karstig
wie die Steppe, aus der die Erde verwehte,
weil die Wurzeln sie nicht hielt."
„Nein, nein!" schreien Intellektuelle,
„gut, dass die Erde weg ist, sie ist dreckig, schwarz,
faulig und wie eine Hure nur hinter dem Geld her!"
Der Dämon nickt, klatscht und stampft ekstatisch
zur Lichtorgel im Rhythmus der Trennung.
„Muh", sagt die Kuh, „muuuh."

„Nein!" schreit kreischend wie besessen ein Mann,
„irgendwer trägt Schuld! Irgendwer immer!
Entweder Hexen, Ungeimpfte, Zigeuner oder Asylanten!
Oder gar die ganze mörderische Natur!"
„Muh", macht die Kuh. „Nein!" schreit wie gebannt
eine Frau, „mein Körper gehört mir; ich operiere ihn
sooft ich will." Die Kuh macht: „Muh."

Das Ich plärrt:
„Beugt euch, ihr Tannen, in die Knie, ihr Birken,
ihr Unkraut.
Ihr Berge weicht. Ihr Flüsse seid still.
Es kommt der Herr der Herrlichkeit, der immerzu
genau das tut, was er will. Denn „ich" erscheine.
Denn „ich" bin das reine Wissen und meine Stimmungen
sind das Gesetz, bloß Gefühle habe ich keine.

Ich richte, ich verlaute, ich verneine:
vor allem euch, die ihr gegen meine Allmacht ketzt.
Ich bin ich. Und nur ich."
„Muh", sagt nun auch der Weise.
Das Ich widerspricht heftig. „Ich, ich, ich, ich."
Der Dämon biegt sich vor Lachen.

*

Ich hätte den Peter so gerne „durch den Winter gebracht",
wie ich später Schmerz verdrängend
ungeschickt formulierte.
Mit Hühnerkraftsuppe und ausreichend Obstbäumen.
Wollte regnen, wenn er ausgetrocknet war und stumpf.
Sonne sein, erstickte ihn der Sumpf.
Ich buk Korianderbrot, vergaß auf die Servietten nicht,
er war dankbar – so von innen her,
erzählte am „Platzl" von
der Freundschaft mit dem Dichter aus dem Gemeindebau –
allerdings verwechselten viele dies mit dem
„größten Dichter aller Zeiten",
der sein Autorentum als Standarte vor sich her trug,
kolossal und ungefragt jedem gellend zu imponieren;
indes verkaufte er tatsächlich manch gutes Stück Literatur.
Jedenfalls saß Peter gern bei uns zum Tee,
Zigaretten spendierte meine damalige Frau.
Wir redeten nicht allzu viel, von der Zeit damals in Graz,
von Urlaubsorten, aus denen er mich gebeten hatte,
Ansichtskarten zu schicken, ausnahmslos erfüllt ich
diesen Wunsch, ich wäre wohl besser mit ihm zur Ärztin
gegangen, „ich trau mich nicht hinein", hatte er gesagt,
er, der schäbig gekleidete Sozialhilfeempfänger,
der in einem staubigen Zimmer hauste,
trotz meines Staubsaugers,

und der an chronischem Husten litt, Medikamente holte
er aus der Praxis; doch verschlechterte sich sein Zustand,
konnte er sich die Sraßenbahnfahrkarte nicht leisten,
eher wohl verhinderte Scham den Arztbesuch.
Ich brühte mit viel Zwiebel und Karotten die Suppe,
Rind aber eher, obwohl selber Vegatarier, weil gesünder,
meist Huhn, Nudeln als Einlage, die liebte Peter
und schmeckten vorzüglich im Vergleich zu seiner
Fertiggerichtalltagskost.
Dann verstummte sein Husten eines Nachts,
die Nachbarin suchte meine Nummer aus dem Telefonbuch,
ich sperrte die Wohnung auf, das Licht brannte,
er lag verkrümmt auf seinem staubigen Bett, der Mund
weit aufgesperrt, verkrustet vom Blut.
Wahrscheinlich hatte ihn ein epileptischer Abfall aufs Bett
gezwungen, als der Husten ein Abszess im Hals aufbrach,
aus Angst kam der Anfall, den er sonst zu unterdrücken
vermochte; keine Hühnersuppe der Welt hätte ihn wohl
gerettet, dennoch verließ mich lange das Bild nicht,
wie er so dalag
steif, gekrümmt, alleingelassen, überm Bett.
Sehr, sehr traurig verlief der Dezember, ohne seine
dankbaren Gesten, wie Blumen für meine damalige Frau,
erhalten als Lohn für Aushilfsarbeiten am Markt.
Nicht mal 53 Jahre alt war er geworden in diesem unserem
so überreichen, so lebenserwartungshochfrohen Land.
Schmerz bohrte in mir und 's Überwältigt-Werden
von der Erinnerung an die Allmacht des Todes...
Da löste sich mit einem mal aller Kummer im Glück,
tief tauchte ich ins Sein: Ekstase, Freude, grenzenlose
Glückseligkeit (jener Zustand, den die modernen Menschen
nicht kennen, außer künstlich induziert mittels Drogen,
doch die verwüsten die Seele) –
Peter weilte nun beim Wahrsten, Schönsten,

dem allerhöchsten Frieden; er fühlte nun kein Leid mehr
seiner gescheiterten Existenz, was wäre wundervoller
als beim Göttlichen nahe zu wohnen; selbst der scheußliche
Umstand seines Sterbens löste sich in der Schönheit
in eins nun zu fließen in Gott.
Ab nun gedachte ich in Freude des Freunds,
in Beglückung, durch ihn stets an Gottes Liebe erinnert
und an die Glückseligkeit, in Gott zu verlöschen.
Mit der sozialen Lage des Lands allerdings
finde ich keinen Frieden mehr, mich selber zudem
anklagend – auf sein Begräbnis ging ich nicht:
Bereits beim Abholen des Toten drückte ein Polizist
mir einen Zettel der Bestattung in die Hand –
mich als nächststehenden Menschen identifizierend.
Der staatlich beauftragte Anwalt fragte mich später
über Angehörige aus – keine Ahnung,
mein Freund hatte kaum von ihnen erzählt,
kein Kontakt seit seiner Tat,
dem Absitzen der Strafe in Wien.
Ich jedenfalls unterschrieb das Protokoll nicht beim Anwalt;
das letzte Mal, als ich bei einem Anwalt unterschrieb,
kostete mich das ein paar tausend Euro –
nicht vor den Taschendieben aus dem Osten müssen wir
Angst haben, erst recht nicht von den Banden,
die um die Villen der Reichen schleichen;
stattdessen sollten wir uns in Acht nehmen
vor den Anwälten dieser Geldsäcke, diese leben tatsächlich
auf unsere Kosten in Wohlstand –
nicht die Bürger im Osten,
denen die angedrehten Kredite unserer Banken
letztlich dann ihre Posten kosteten.
Während Herr Krösus mault, wie feudal
die Sozialschmarotzer leben von seinem Geld.
Dabei kenn ich so unglaublich viele Sozialhilfeempfänger,
die keine 60 wurden.

*

Geist des Nordens mit deinen einsichtigen Winden,
mit der Hand im Dunkel und dem Fuß an Land,
der Sonne entsprungen, getaucht in die Farbe Nacht,
erquicke uns mit der Klarheit der Birken,
schenke uns den Flug des Adlers in kühler Höhe,
Verleihe meinem Denken die Schärfe der Pfefferschote
und die Würze von mexikanischem Chili.
Mein Schauen lass klar sein wie der Nordwind
und weiß und kristallschön wie die Schneeflocke.
Edel soll mein Denken sein, gut und weich
wie eine Lilie im vollen Mondenschein.

Geist des Westens, sei meine Säule
aus Erde, Geborgenheit und Verzeihen.
Deine im Schatten liegende Heimat birgt jede Schönheit:
das Gold des Oktobers, den Gesang der Bäche,
den Tanz der Tannen, das Rot der Abenddämmerung,
welches aus der Kehle der Krähe bricht.
Die Kraft deines Schwunges ist der Zug der Gebirge,
der Flug der Schneegänse, das Lachen des Baums.
Lass deine Liebe das Mark unserer Knochen durchströmen,
lass sie die Erde unserer Haut und die Augen heilen,
schenke unseren Leibern die Anmut der Weiden
und die Grazie eines Sonnenblumenfeldes im Frühherbst.
Leg deinen Atem auf unsere Lider und unter dem Lehm
schenk uns aus Milde ein pochend Herz.

Geist des Ostens, Feuer des Morgens, Erweckeresprit:
reinige uns mit deinem Duft, deinem erfrischendem Odem.
Schlangenlicht bist du, Ring aus Türkis, Jaspis,
die heiligste Farbe des Morgens,
schenke uns dein Zeichen, die Wiedergeburt,

nähre uns mit deinen Drachen und Feen und Einhörnern,
lass uns Lauschen deiner Stimme: der Stille,
und gewähre uns ein Staunen, das uns die Welt
farbig streicht, auf dass wir bunt in die Zukunft blicken.
Vermache uns deine Weisheit, und in ihr erlaube uns
eine Ahnung der Unendlichkeit, der alchemistischen
Kraft des Feuers; und gewähre uns jenseits des Todes
einen Augenblick der Ewigkeit.
Mach unsere Beine birkensaftig ergrünen, auf dass wir
zu den Blüten schreiten, in die Flammen aus süßem Licht.
Schenk uns die Erkenntnis der Salamander, den Geist
des Vergehens und die Gnade des Vergebens, auf dass
wir wiederkehren ohne Täuschung, Hoffnung und Hass.

Geist des Südens, Wasser der Zärtlichkeit, flüchtige Fee,
kraftvolle Mutter, gnadenvolle Göttin.
Aus Aquamarinaugen blinzelst du im Winter, im Sommer
lächelst du mit der Milde der Kamillen, im Meer trägst du
Korallenstöcke zur Andacht und lächelst in der Prozession
der Fische; am Strand bist du das Boot und der Hafen.
Im Wald betest du mit den Eichkätzchen und den Kastanien
für unser Wohl; auf der Lichtung spendest du Rast.
Hüterin der Ufer, Vollenderin des Begonnenen, dem du
durch Sturm und Entbehrung zur Reife verhilfst
und zum todlosen, unwiderruflichen Sein.
Schenk uns deine Kraft, auch im Schlimmen zu lieben,
in der Flut noch zu singen, in der Nacht zu vertraun.
Herzensbildnerin bist du, bei all deinen warmen Wogen
in unserem Blut, mach uns weise, was in deinen
bergenden Händen heißt: verstehn und verzeihn.
Kein Argwohn trübt dein unendliches Herz, spende uns
einen runden, grünen Splitter deiner zuversichtlichen Kraft
zu lieben, zu hoffen und eine Knospe der Nachsicht.
Lass unser Denken in Stärke und Gnade geläutert sein,

gewachsen aus den Tiefen des Schmerzes und des Lichtes
aus Salbei, Kamillen und Mond.

*

Die Taschen der weisen Frauen, in denen zusammengerollt
sie die Mondin mit sich tragen sowie einen Pinienhain,
können weder gekauft noch mittels Krediten
verliehen werden; sie muss man selber weben, zärtlich,
wie die Medizinbeutel der Schamanen, die in ihnen
zusammengelegt einen Zedernwald mit sich tragen,
fliegende Erlen, Eulen, Steinpilze, Milanfedern,
das Silber des Monds und das Licht eines Sterns.
Im Auge der Weisen scheint meist diese silberne Sonne,
die der Stoff ist, aus der die Taschen und Beutel genäht.

„Die Natur", sagen diese Menschen, mit einer Hand
am Nussbaum, der anderen am Meer, sowie mit einer
nachdenklich einen Schatten streichelnd,
„ist keine Fremde, sondern unsere Großmutter.
Sperren wir sie in Schachteln für den Strom
oder ins Altersheim, uns Eile und Hast zu erwerben,
nehmen wir nicht ihr die Seele, sondern uns selbst."
„In euren schrecklichen Stunden dann", flüstern
die weisen Eidechsen und barmherzigen Bären
„klopft sie mit den knochigen Knöcheln
aus Hagel ans Dach,
und unaufhaltsam und schaurig",
hauchen die Weisen leiser,
„schreitet sie durch Eisenriegel verwehrte
Türen und Augen.
In eurer Panik dann ertränkt ihr Katzen,
legt die Babys weg,
erstickt ihr die Gebliebenen,

und euch selbst seht ihr bei lebendigem Leib
beim Vermodern zu –
und das meist vereinsamt im Heim."
Nun flüstert die Große Mutter:
„Wer über das geheime Wissen verfügt,
braucht keine Beweise.
Und wer es nicht hat, kann auch
durch noch so viele Belege nicht überzeugt werden.
Ihn verschlingt die Angst, die ewige Ungewissheit.
Der Gewitzte, der Zahlen und Fakten nicht heiligt,
singt im Dunkel, im Tod noch das Lied vom Moment."
„Ich", fährt Magna Mater fort, „bin nicht Humanistin.
Ich bin weder Menschenfreundin noch Menschengerechte.
Ich liebe alle Wesen und habe mehr Freunde
unter den Tieren und Bäumen als unter Zweibeinern.
Der Dachs, der mich erkennt, verehrt mich.
Selbst die Wolken und Winde beten mich an.
Der Mensch mit seinem kurzfristigen Denken
und seinem noch beschränkteren Planen
glaubt an den Fortschritt doch zerstört die Natur.
Die Bäume verbinden in ihrer Einfalt und Stille
die Vergangenheit mit der Zukunft,
das Wasser mit dem Himmel und das Warten mit dem Tun.
Ich kenne keinen einzigen unter ihnen,
selbst unter den wildesten Fichten nicht im Gebirge,
der im Innersten nicht großmütig liebt."
Unheilvoll fährt die Große Mutter fort:
„Eine Kultur, die im Außen Energie generiert für die Eile,
statt im Inneren Energie zu entdecken, um zur Ruhe
zu finden, ist logischerweise dem Untergang geweiht."

Der Mensch plärrt:
„Du Dumme. Ich bin eine Frau, also ein Mann.
Ich hasse die Bäume. Lehne jedes Grün ab –
es erinnert ans unschuldige Blühen.
Ich verachte mein Gesicht und das lange Haar,
möchte die feisten Wangen gegen den Spiegel rammen,
möchte das Fett an den Hüften am Scheiterhaufen
knistern und zischen hören, möchte den Bauch
mir zerschneiden, das Fleisch absaugen
und meine großen Augen und die pompösen Brüste
mit glühenden Zangen ausreißen.
Ich hasse das Tanzen, den Rhythmus der Wogen,
ich verdamme das Meer, die Vögel, den Mond.
Sein Licht lässt mich erbrechen, ich brauchs nicht,
habe keinerlei Schwächen, Schwachheit ist eine Sünde,
ich bin ein böses Mädchen, das überall wohnt."
„Ruhig, mein Kind", murmelt die Mondin, „hab keine Angst,
ich bin bei dir. Hör auf meine Stimme in dir.
Sieh den Glanz deiner Augen, das Schimmern des
weichen Haars, das Scheinen deiner Schultern,
die Grazie deiner Glieder, die Schönheit deines Wassers,
die Kraft deiner Erde, die Stille deiner Haut"
„Nein", schreit die Frauheit, „du kriegst mich nicht rum.
Du bist dumm, dumm, dumm, so dumm.
Die Natur bringt mich um. Ich bin ein Mann, und du
bist ein kalter Trabant, ein totes Stück Stein, ein lebloses
weißes, mutloses, unsinniges Trumm."
Die Erde bebt: „Siehst du den Himmel über den Bäumen,
das Rot des Oleanders, die orange Flamme des Feuers,
den Wald deiner Taille, den Berg deines Atems?
Du bist die Hüterin des Windes, die Mutter der Pferde,
die Geliebte des Regens, die Tochter der Sonne.
Du bist alles und trägst ebenso alles in dir.
Zweifle nicht an dir, sei nicht den regulierenden

Sätzen verpflichtet – hab keine Angst.
Du bist Fluss und Meer, der Kosmos, der Ozean.
Alpha und Omega; du bist, die du bist."
Der Mann schreit: „Krieg! Ich schieße auf das Leben!
Einerlei ob es kühlt oder wärmt.
Mich verhärmt jeder Atem. Mich zerreißt jede Berührung,
mich durchbohrt jede Wimper, ich zerhacke die Süße
der Bäume, ich erwürge den Engel der Stille, ich
reiß mir selbst lieber die Beine aus und die Augen,
als einen Moment bloß zu Boden zu schaun."
„Pssst", flüstert der Wald, „setz dich
auf die Weichheit meiner Flechten, auf den Duft
meiner Gräser, schmecke das würzige Harz
meiner Zapfen, halte inne, atme
und rieche und spüre und leb."
„Krieg!" schreit der Mann, „Verführerin schweige!
Aus dem Osten droht Böses, immerzu.
Raste ich, entführt's unsre Frauen, frisst's
unsre Kinder, stiehlt's unser Brot.
Stets will's erschlagen, stets plündern und brennen –
tun's wir nicht, geschieht alles uns."
Der Wald verströmt das Harz, Olibanum, den Honig:
„Blick in dich, betrachte die Ängste, verstehe dein Treiben."
„Krieg!" schrei'n die Männer, „die Erde verhöhnt uns.
Das Süße bedroht uns. Das Braune verschlingt uns.
Die Pest dem vergorenen Pfeffer. Kandierten Stunden
den Tod. Was von dort kommt muss schlecht sein.
Nie lassen wir's in uns hinein!"
Die Nacht meint: „Legt die Rüstungen ab eures Denkens,
spürt hin in die Tiefe und Güte eures Selbst.
Ahnt ihr die Milde nicht des Verstehns und Verzeihns?"
Die Männer plärren: „Krieg!
Die aus dem Westen nehmen von allem das Beste.
Das Öl unsrer Palmen, das Fett unsrer Erde, die Schleier

der Frauen, ihnen unverhohlen ans Geschlecht zu schauen."
„Krieg!" brüllen die Männer, „ihr erniedrigt die Ehefrauen,
ihr lasst sie nicht eure Städte bauen, ihr schenkt ihnen
nicht Respekt und Vertrauen, und eure Liebe bedeutet in
Wahrheit, jedenfalls uns, bloß Märchen oder das Grauen."
„Es existiert nur eine Wahrheit", grölen die Männer.
„Das ist die unsre. Niemand kann Mann brechen, niemand
Mann beugen, wir sind des alleinigen Gottes Zeugen."
„Es ist nur eine Gewissheit", toben die andern Männer,
„nämlich, dass es keine gibt; nur Ich zählt, dessen Wunder
und Größe – nichts was atmet, liebt oder lebt.
Freiheit heißt diese Wahrheit, die uns über alles erhebt."
„Nein", poltern die Männer des Kreuzes, „da gibt's
eine Wahrheit, die eine einzige All-Wahrheit, die uns
in unseres Gottes Namen abhebt; die einzige Wahrheit,
vor der jede Frau erschüttert erbebt."
Intellektuelle und postmoderne Linke summen im Chor:
„Schickt Soldaten an den Hindukusch, Krieg, Krieg –
so gehen wir gegen jede Einheitsideologie, gegen jede
noch so mickrige Ich-Hemmung vor."
„Ja", nickt die Nacht, „nun habt ihr wirklich
zu Ende gedacht."

*

In den Händen der Schönheit verflüchtigt sich das Gebrüll
wie Nebel vorm wärmenden Strahl der wiedergeborenen
Sonne im März.
In Moor und Teich versinken die blitzend gezückten Säbel,
in Stille pocht im Rhythmus des Friedens ein Herz.
Es gehört all den Menschen, Wesen, Himmeln und Bäumen,
die mit den Linden duften, mit den Winden in wirbelnden
Kreisen ziehn, die mit Rosen, dem Rot, duftendem Brot
und den Meeren tosen; die durch die Betondecken

des Zwerchfells und der Städte hinab in die Tiefen
der Ozeane und der Seele vorstoßen, ohne mutlos vor
den entleerten Träumen der Ichheit zu knien.
Sie strecken ihre Arme tief ins Erdreich hinein,
Früchte der Scholle, Töchter der Erdmutter
sind unsere Finger berühren sie mit Kern und Wurzeln
eine freundliche Haut.
Wie Weizen wehen wir im Wind in der Anmut der Nacht,
im Mondlicht erblüht unser Schatten zum Baum,
welcher schwarze Lilienknospen trägt: die Hoffnung
des keimenden Tags – Furcht verweht wie Schaum.
An meeresdicken Zweigen reift zwischen meerblauen
Blättern eine Frucht, gesponnen aus Himmel,
dem Gestern, Feigen, Nüssen und Wolken.
In ihrer Süße vergießt sich die Schärfe der Logik,
tropfen Sätze wie Ahornsaft, bricht aus der Schale
des Worts Duft und Licht – die Samen dann fallen
auf fruchtbare Seelen oder zähen Asphalt.
Stülpen das Innen nach außen anwachsend.

Was von außen nach innen anschwillt
vermodert zum Baumschutt, Dünger
für das kommende Jahr, notwendig und kostbar,
einst reift aller Kompost rot zu Obst.

*

„Kunst heißt, alle Autorität abzulehnen",
besagte sinngemäß eine Parole, mit der eine Wand
der Kunsthochschule bemalt worden war.
In diesem Sinne hieße Ich-Herrschaft, davor
zu warnen, die Macht der Blumen, die Kraft
der Kastanien und das Gesetz des Regens anzuerkennen:
die Folgen dieser Autoritätsflucht

sind in die Grönlandgletscher geschrieben –
riesenhafte Runen, die Allmacht des Menschen
zu bezeugen:
alle Gletscher schmelzen, die moderne Welt kennt
keinen Ausweg: ihr Wesen des äußeren Wachstums
ist aufs Verschlingen verwiesen –
nur nicht-tun, nicht-leisten rettet die Erde.
Was am wenigsten nützlich scheint,
schadet der Welt am allerwenigsten.
Etwa Raben füttern im Park, die selbst gepflanzten Blumen
am Balkon für den Altar der Buddhas, Rishis,
Sufis und schwarzen Madonnen schneiden.
2o Stunden Wochen, Computer nur zum Spaß.
Autorität des äußeren Wachstums abzulehnen, meint
keinesfalls nicht in den Himmel schauen zu dürfen
Stunde um Stunde, Jahr um Jahr
bis die Vögel heimkehren, das Grün in die Augenwinkel
tropft bis ein Grashalm auf der Brust wächst oder eine
knorrige Eiche.
Ich betrete mein Zimmer aus Wind, Bäumen und Wasser,
sehe durch die unendlichen Fenster den Himmel von innen,
breite meine Liegestatt auf einem Teich, decke mich
mit der zart rosa Wolke zu, grüße die Krähen,
schließe die Hände, singe ein Lied und verweh...

*

Ich hörte von den gefragtesten Philosophen in diesem Land
Ideen zu den Möglichkeiten, das Gute zu tun.
Die Vernunft geböte den Anstand.
Kategorischer Imperativ wie jeher seit Zeiten
Kants und der Aufklärung.
Eigenes Tun sollte oberster Handlungsmaxime
entsprechen – wie soll das in der

technikzentrierten Moderne funktionieren?
Selbst zwischen zwei Menschen gilt
das moderne Gesetz vom Gewinn.
Beziehungen sind Partnerschaften, wie
Wirtschaftsunternehmen, meist mit beschränkter Haftung.
Die Werbung flötet, wir sollten Beziehungen nur so lange
aufrechterhalten, als wir Vorteil = Kapital daraus schlagen.
Keine Wahrheitskommission verbietet solche
menschheitsschädigenden Ansagen, ebenso wenig
wie der kategorische Imperativ verhindert, dass die Reichen,
inklusive deren Manager sich vielerlei logische Argumente
ausdenken, warum ihre Arbeit zehntausendmal mehr
wert sei, als die ihrer Arbeiter,
wobei sie zudem übersehen, dass ihre Anstrengungen
zumeist Umwelt und Ressourcen vernichten.
Und gerade hier liegt die gewaltigste Krux:
Selbst Christenmenschen können die anthropozentrische
Sicht der Dinge nicht abstreifen: „Füg keinem andern zu,
was du nicht durch ihn erleiden wolltest",
lässt sich nicht auf die Natur übertragen...
Der Wald spricht nicht; dem Christen ist ein Lavaberg
ein totes Stück Stein, dem Wissenschaftler erst recht.
Das Meer klagt nicht: „Tu mir das nicht an",
das heißt, es spricht sehr wohl, bloß wir haben nicht
die Ohren zu hören – oder versiegeln sie einfach...
Noch niemals reichte unsere Vernunft so tief, zu erkennen,
dass wir unsere inneren Wälder abholzten, das innere Meer
heillos vergifteten und verschmutzen, die Seele
missbrauchten und ausbeuteten – und ausnutzen ließen,
für den angeblich eigenen Vorteil – und Wasser und Wind
und Erde im Inneren zerstörten bis unser Feuer verlosch.
Nun sollen Klimagipfel die Erde retten.
Solange aber das Klima im Inneren des Menschen
gestört ist, wird gar nichts im Außen sich ändern;

außerdem:
Was heißt „die Erde retten"?
Die Erde kommt ohne uns aus dem Schlamassel heraus.
Wir jedoch brauchen sie, wie das tägliche Stück Brot.
Obwohl Mutter Erde uns liebt, stecken wir
sie ins Altersheim.
Oder erklären sie sonstwie für unmündig unseren Drang
nach Steigerung und Fortschritt zu begreifen –
da spuckt sie uns wie bittere Kröten giftig aus.

*

Die heilige Schnecke spricht:
„Fürchtet ihr denn euer Rasen nicht?
Kennt eure Grenzenlosigkeit immer noch kein Ende?
Sprecht noch immer ihr von Ausdehnung, Wachstum,
Fortschritt, als überhörtet ihr das Signal der Zeitenwende?"
„Nein!" ruft das Ich, „nein; wir wollen keine Grenzen
anerkennen, nichts schränkt unserer Freiheit ein – kommt
uns nicht mit dem Jammern von Krise,
Ich ist unendlich, allmächtig und schlau,
mit höchster Vernunft kommen wir evidenzbasiert
und prognoseberechnet
der drohenden Katastrophe bei, lautet die geheiligte Devise."
Die Schnecke kriecht nach Abzug der Zorneswolken
aus ihrem Haus:
„Begreift ihr noch immer nicht, dass Verzicht auf
äußeres Wachsen innere Entfaltung birgt?
Dass ihr gar nicht verzichtet, sondern Besinnung, Stille,
Einkehr, Langsamkeit und Meditation als Früchte reifen,
wo noch dazu im Ankommen in euch selbst, ihr alles
viel deutlicher spürt und damit desgleichen
die Hand der Schönheit euch zärtlich berührt?
Wann lasst ihrs endlich sein, auf Beschleunigung, Hast

und Ausbreitung euch zu versteifen?"
„Nein, nein, nein!" schreit das Ich, „wer rastet rostet;
Zeit ist Geld, carpe diem, und überhaupt: was du heute
kannst besorgen, das verschiebe nicht auf morgen!"

„Das galt gestern", flüstert die Schnecke,
„denkst du heute noch so, gibts für dich kein morgen."
Wütend prügelt das Ich auf das Schneckenhaus,
zornig peitscht der Sturm zurück, prasselt Hagel, schwemmt
die Brandung des erbost ans Land laufenden Meeres
Städte und reiche Bezirke ganz langsam ins nasse Grab.

*

Ihr Frauen ohne Körper, die ihr einen Body euer Eigen nennt,
wie sehr dauert ihr mich; eine violette Wolke lege ich
an euer Grab aus Stein, diese wandelnde Gruft, die ihr
für einen Leib hält, der isst – oftmals wenig –, der leidet –
aber nichts nach außen zeigen –, der langsam erstickt –
aber seltsam bunt bemalt, der schreitet – dabei den Boden
nie berührt, jedoch nicht aus Grazie, sondern weil ihr
die Erde als schmutzig verachtet.
Dann schreit ihr nach Gerechtigkeit, und dass man
den fremden Frauen die Schleier vom Gesicht reißen solle
und das Kopftuch mitsamt den nach Moschus
riechenden Haaren herunter, doch selbst stolpert ihr auf
Stöckelschuhen daher, ohne Erdung, die Brüste in den
Himmel gereckt, mann hält euch für weiblich dann,
allerdings wogen diese Brüste nicht wie Wälder, sondern sind
aufgeschüttete Grabhügel der nächsten Generation.
Ihr haltet euch gern für „wild", für böse Mädchen, für hip –
mit oder ohne Stöckelschuhe, jedoch fehlt euch jede
archetypische Wildheit, jegliche meerblaue Lebendigkeit,
jede rote Kirsche zwischen den Lippen,

bloß aggressiv seid ihr, stumpf und grell, gehirngeil meist
aber ohne Lebenslust.
Wie sehr ihr mich dauert; ein sich im Wind wiegendes
Sonnenblumenfeld lege ich an eure schreitende Gräber;
und bete inniglich für euch um Regen und Mond.

Doch ihr, Hüterinnen der Stille, Bewahrerinnen des Feuers
in eurem Inneren, an das geborgen ein kommendes
Geschlecht sich palavernd setzen möchte,
ihr Bewahrerinnen der Haare und Wächterinnen der Bäume,
eurer kleinen Schwestern – ihr seid mein Grün, mein
Augenweiß, mein mächtiges Meer inmitten der Stadt,
meine Vögel,
die Winter oder Sommer ankünden, mein Fleisch.
Wie oft wandelte eure Erde mein starres Holz zu Bächlein
im Regen, wie oft verwandeltet ihr meine Welkheit
in Stürme und Schmetterlinge und Trank.
Labsal meiner im künstlichen Licht der Straßenaugen
brennenden Lider, Trost meiner ungepflanzten Lilien,
wo geschäftige Wesen bloß die Ernte hoch achten.
In euren Wangen bin ich zuhause, in euren Bäuchen
und Beinen, in euren Sätzen aus Gras, Nebel und Brot.
In euren Herzen beherberge ich mich nahe der Erde.
Und ihr wohnt mit mir zusammen in einem Tautropfen
gemeinsam mit Milch, Bergen, Rehen und Mond.
Danke euch Frauen, die ihr mir Blicke schenkt
vom Grund eures Meers.

*

Die heilige Schnecke spricht: „Langsamkeit."

*

Das Gesetz ist das Recht der Reichen, vor 1ooo, 1oo Jahren
oder jetzt.
Die amerikanische Gen-Mafia verklagt den einzelnen
Landwirt, der vielleicht Saatgut zurückhielt
für eine eigene Ernte
statt neues Leben vom aktuellen Marktführer zu kaufen.
Leben zu kaufen! Für die Saat!
Der multinationale Konzern besitzt das Leben!
Und wer es nicht von ihm käuflich erwirbt, der stirbt!
Der Bauer konnte seine Unschuld nicht beweisen –
gegen die „besten" Anwälte reichte sein Geld nicht lange
vor dem Gericht – vor dem alle gleich sind...
Auf dass die Besitzenden leben!
Auf Kosten der MindestpensionistInnen!
Die angeblich unabhängige Wissenschaft, Juwel der
Moderne, vollbringt übrigens, technisch gesehen,
zwar geniales,
die britischen Wissenschaftler aber, die nachwiesen,
dass genmanipulierte Nahrung sehr wohl sich
aufs Immunsystem auswirkt, wurden hochkant gefeuert –
die britische Regierung wollte dem US-amerikanischen
Hoffnungsmarkt nicht im Weg stehn.
Und was bezüglich Corona gelogen wird, von der
Wissenschaft versprochen, von den Medien getrommelt,
und von den Ärzten, diesen Agenten
der Pharmaindustrie, initiiert,
macht selbst den Sohn der Wörter nur mehr sprachlos!

*

Der heilige Elefant spricht:
„Ich bin heilig, weil ich euch diene; ich diene euch,
weil ich euch liebe. Ich schütze euch, gebe meine Kraft,
erfülle die Bitten, die aus zerrissener Brust unter Tränen
mich erreichen; ich bewahre euch vor der Mutlosigkeit;
vergesst ihr, mich zu lieben, quält ihr mich gar,
mich zu unterwerfen, kann ich nicht länger euer Diener
sein, sondern läute euer allen Untergang ein."
Der heilige Tiger spricht:
„Ich beschütze euch. Ich springe den Dämon an.
Ich bin die Wildheit in euch. Die Kraft eures Herzens.
Ich bin die Fackel, die in euren Augen funkelt.
Verleugnet ihr mich, verschlingt euch das Dunkel!"

*

Nachdem die Immobilienblase geplatzt war,
die Finanzwirtschaft daniederlag; langsam begannen,
die Arbeitslosenzahlen zu steigen, war auch
dem Letzten klar geworden: Spekulationen, diese
Unsitte des entfesselten Kapitalismus, des gierigen
Größenwahns und Ausbund menschlicher Dummheit
zerstören die Wirtschaft, gefährden die Existenz der
brav Arbeitenden und führen zu vermehrtem Hass gegen
Randgruppen, da rechte Zeitungen lieber gegen Ausländer
und Asylanten hetzen, als den Kapitalismus zu verdammen.
Doch schon bald berichteten die Fernsehsender von der
Überwindung der Krise, von boomenden Finanzgeschäften,
von steigenden Aktienkursen, alles sei wieder in
bester Ordnung, bloß die Asylanten und die Arbeitslosigkeit
blieben das Problem.

Die Agenten des Kapitals ziehen aus, gestützt auf
die Informationen von Nachrichtensprechern und

Wirtschaftsanalysten im TV, um Leichtgläubigen
Versicherungen anzudrehen, um diesen Notgroschen
der zahlreichen Mindestpensionisten in einer
zweiten Runde des Kasinokapitalismus zu verzocken;
doch darüber berichten die Zeitungen nicht, bloß über
Einbrüche in Villen und Juweliergeschäften; den
tagtäglichen Raub am Sparer verschweigen sie tunlichst.

Die Spitzenagenten des Kapitals, Abteilung
pharmazeutisch-industrieller Komplex, die Ärzte,
kreischen unisono: „Impfen, impfen, sonst gehen
wir alle an Corona zugrunde!"
Diese Räuberpistole glauben die meisten, da sie
selbiges ja im Impfboulevard lesen und vom Staatsfunk,
ob ORF, ob ZDF, sechs bis achtmal pro Tag bewiesen
kriegen, so oft, bis es zur einzigen Wahrheit gerinnt.

*

Der Dämon quieckt:
„Ich bin der Mensch. Mir kommt keiner gleich.
Ich bin einzig.
Ich bin alles. Ich bin glücklich, ich bin reich.
Ich bin höher als der Berg, ich bin weiter als das Meer,
ich bin reiner als die Wolke und schön wie die Sünde.
Ich bin Sieger, erster – kein Gott, der mich quält, nichts
und niemand, was über mir steht.
Kein Tier gleicht mir, kein Baum oder Strauch,
Unendlichkeit schier bin ich, die Heiligkeit des Kosmos und
dessen Potenz, Macht und Geilheit auch.
Ich bin die Maschine, die Muskelkraft ersetzt indem sie
Rohstoffe nutzt, die in der Erde bedeutungslos
schlummerten, bevor ich ihnen hohen Sinn gab,
ich bin der Computer, der uns über das Fleisch erhebt,

weil die Zahl uns Recht gab, ich bin das Hier und Jetzt,
Alpha und Omega, das Selbstbewusstsein des Kosmos,
das uns erhebt aus dem öden Grab, ich bin ohne Grenze,
ohne Schwäche, fehlerlos, tadellos –
„Wille" heißt mein Zauberstab."

*

Der Monolog des Narzissten:
„Dunkel, dunkel, dunkel. Alles ist dunkel rund um mich.
Es werde Licht. Und sehet: Ich bin, und noch dazu makellos,
mit kantig dynamischem Gesicht.
Manches Mal kommt es mir vor, als hätte ich Angst,
doch das sind bloß die Strahlen anderer, die böse
und unglücklich sind; sie schaun mit entsetzten Gesichtern.
Ich bin frei, ungezwungen und habe mehr Spaß als
jedes Kind dieser Welt; und bin ich einsam, geh ich
einkaufen, weil ich verdien`, wenn ich will,
ohnehin sehr viel Geld.
Manches Mal scheint etwas weh zu tun, aber ich weiß,
ich brauch nur positiv zu denken – das macht mich
gegen Depressionen immun.
Nichts kann mich kränken, niemand mich foppen,
nichts vermag mich zu stoppen, keiner kann mich mobben.
Ich bin ich, und wenn mich wer aufhält,
zerstör ich die Welt!"
„Halt ein", flüstert die Mondin, „verirr dich nicht, tu dir
nicht weh."
„Und jeder Widerspruch ist Blasphemie, denn ich bin ich
und nur ich weiß, was ich will und wie es mir geht
und wer ich bin
und niemand kennt mich und bin ich einsam
geh ich shoppen."
„Du bist nicht allein", säuselt der Wind, „tagtäglich streif

ich den Arm, jede Dämmerung durchwühl ich dein Haar,
jeden Sommermorgen weckt dich mein Kuss,
im Winter hauche ich
auf die Fensterscheibe den Gruß."
„Und wer mir zu nahe tritt, dem steig ich auf den Fuß.
Beziehung heißt Verdruss; ich möchte die Welt gebrauchen,
aber niemals abhängig sein,
niemandem kann man vertrauen,
so bin ich lieber stark und allein."
„Du bist nicht allein", lächelt die Nacht, „doch selbst in
deinen finstersten Stunden hast du weit außerhalb meiner
tiefsten Stelle kehrtgemacht, und geklagt und geflucht, nie
jedoch im Schatten nach dir ganz gesucht."
„Ich bin ich, und so soll ewiglich es sein, nichts darf mich
berühren, nichts bewegt mich, auf nichts und niemanden
lass ich mich ein; ich bin schön, ich bin stark,
das soll dieser hässlichen Welt genug von mir sein."
Die heilige Stille murmelt nicht, tut nicht, wartet nicht –
sie ist.

*

Die spindeldürren Schauspielerinnen in den skurrilen
Hollywoodkomödien, die nicht lustig sondern schrill,
geschwätzig und überdreht sind, vermitteln bei aller
angeblichen Läuterung, die sie, der flachen Story nach,
den Traumpartner und Erfolg und Glück finden lassen,
bloß ein komisches Bild, wenn sie Torte schlemmen,
Eis schlecken und überhaupt hauptsächlich schön sind:
Eigentlich müssten sie drei Stunden täglich auf dem
Laufband gezeigt werden und beim Salatessen – zweimal
am Tag, mit bitter lächelnden Mienen.
Außerdem gibt es keine SchauspielerInnen mehr
(selbst wenn einige unter ihnen anfangs Talent bewiesen,

eigentlich ist dieses nicht besonders gefragt) –
SchönheitsdarstellerInnen wäre das passendere Wort
für das, was sich auf Leinwänden und Bildschirmen
abspielt. Niemand zeigt Emotionen, keine schmerz- oder
lustverzerrten Gesichter, da würde die Schminke
abbröckeln; wer spielt, wo spielt sich in den Augen,
den Gesichtern Glaubhaftes ab?
Herumgealbert wird, gerannt, Action vermittelt, Bilder von
gutem Aussehen und Coolness werden generiert,
aber kein Schau-Spiel und keinerlei Leben.

*

Als wir mit unseren Sonnenmessern eilig pfeifend
die Gebirge aufschlitzten, quollen Kohle heraus, Saphire,
geronnenes Licht und das Weiche des Bluts.
Dies ließ uns stolz lachen und furchtlos in die Ferne sehen.
Wir verwüsteten die Meere mit unseren nur heimlich
aufgesperrten Mündern.
Die Weihen des Winters wurden uns peinlich und
Schließlich achteten wir weder den Schrei des Uhus
noch den Ruf der Mondnacht.
Der Winter jedoch verschwendet keine Lehren,
stumm blickt er uns an, wo wir mit lärmender Ungeduld
Schneisen in seine Stille schlagen und glitzernde Stufen
in seine eisalte Länge.
Der Winter ist die große weiße Schwester der Nacht,
mit Heizstrahlern im Freien, kurzweiligem Partygeflüster
und Glückspillen wenden wir deren Versuchungskünste,
immer gut aufgelegt, ab.

*

Für jede billig importierte Frau aus dem Osten

bekommen wir gratis einen Dieb dazu –
unterm Strich kein Gewinn, kein Verlust.
Aber Menschenleben werden verhandelt, das Böse sei
dunkelhäutig, Rumäne oder Zigeuner, wir haben die Wahl.
Auf Barhockern in Bangkoks Bars warten fröhliche Frauen
feiernd auf Freier.
Ihre Haare sind schwarz, die Augen glänzen dunkel,
ihre heimischen Verehrer vermögen sie nicht zu versorgen,
träumen von Jobs in koreanischen Autofabriken oder den
Kohlekraftwerken in China,
unter unmenschlichen Bedingungen Produkte zu erzeugen
für die überfällige Schmach des Westens.
Bald kauft Hongkong die Kürassiere Preußens
und Amerikas Helden; der Reichtum, wie immer,
sammelt sich bei den Geizigen und Ausbeutern an.
Derweil verwesen die Seelen der exotischen Frauen
für die Besten von uns aus dem Westen –
no problem, wir haben selber schon längst keine mehr.

*

Der Dämon spricht:
„Ich bin der größte Bruder des Winters. Sieh mich an:
Bin ich finster, düster oder gar böse? Nein, ich strahle hell,
gleiße herrlich, mit mir hat man Spaß, ist man glücklich,
nie einsam, stattdessen viele und unglaublich schön.
Komm, trink, genieße das Leben, du hast nur das eine,
was willst du versäumen? Alles, wovon du träumen kannst
steht dir auch zu; vertrau nicht den Bäumen,
lass Wälder und Wiesen räumen, wenn nötig
mit aller Staatsmacht, wenigstens der Herrschaft der
Intellektuellen, sie brachen bereits die Kraft der Libellen,
verboten den Hunden zu heulen und den Wölfen zu bellen,
Der Widerstand der Schmetterlinge und Zitronen

und Zikaden ist zwecklos,
wer sich wehrt wird erschossen oder geimpft,
den Mond schon holte das Fernrohr vom Himmel.
Das All zerstörten Raketen, wer sich nicht einfügt,
mag beten, jedoch nützts gar nichts, ich bin die Stimme
des Jüngsten Gerichts: da ist nichts, nur Leere
und Schmerzen, verschließt eure Herzen
lebt ewig und reich, nicht schäbig und gleich, außerdem
seid ihr alle großartig, unübertrefflich, klug, schön –
nicht brav, todlangweilig und speckschwartig artig.
Ihr zählt zu den Besten, lasst nur nichts zu nahe heran,
am effektivsten trägt der Mann von Welt Panzerwesten
statt Haut, und die mondäne Frau macht Karriere
als Model und verpartnert sich statt schwach
zu verschmachten als hingebungsvolle Braut.
Der Mann, dem davor graut, findet Trost
in Fern- und Südsüdost.
Die Frau, die nichts verspricht,
findet Dauerabwechslung immer und ewiglich.
Und hört doch nicht auf die Unkenrufer, die Moralaposteln
und die Pfaffen: nichts ist unmöglich, niemand ist schlecht,
alle sind wir einzigartig, alle haben wir recht, nichts,
was wir tun, ist böse, Böses gibt's gar nicht,
nur schlechte PR; die, welche mit irgendwelchen „Werten"
daherkommen haben bloß keine Kraft zum Siegen,
uns aber fällt gar nichts schwer –
reden wir von bedeutenderen Dingen als Menschlichkeit
oder Wärme – wo kommt denn unser Wohlstand her?
Wer wollte den denn heranschaffen mit Geschwätz von
Gerechtigkeit und Mitgefühl – belächelt und verhöhnt
diese schlaffen puritanischen Affen."

*

Die Nacht flüstert:
„Komm, ergib dich den Schatten, glaub nicht dem Dämon.
Er spricht von Gleichheit und Freude.
Doch ihm ist nur euer Schicksal egal.
Er redet euch ein, da wären keine Werte. Alles sei gleich –
böse oder gut, Niedertracht oder Anstand,
Ehrlichkeit oder Betrug: nichts davon zähle.
Bloß wären Kategorien wichtig wie in oder out,
arm oder reich, Star oder Verlierer, Bettler oder Scheich,
doch Anständigkeit, Charakter, Ehrlichkeit sind egal,
eher störend im unbarmherzigen Kampf
um die beste Position,
schön hat man zu sein, erfolgreich und schlank,
berühmt müsse man sein, glänzend, einerlei ob psychisch
oder drogenabhängig krank: nach außen hin wichtig
bedeutet gleich glücklich – uninteressant ist das
unscheinbare Leben, auch wo es richtig geführt
tatsächlich froh und glücklich macht,
interessanter ist der Erfolg über Nacht,
selbst wenn der die Seele kostet; Kontostände lassen sich
messen, die Liebe nicht, zudem ist sie schnell vergessen
in den Dimensionen, die nur den nächsten Kick suchen,
oder in Thailand die „Massage" im Abonnement buchen.

Der Dämon feixt: „Seele, pah, Liebe, ha, ha, richtiges Leben:
aha – wollt ihr wirklich diesen Lügen glauben?
Die euch von einem adretten Leben erzählen, von
Langeweile, verlorenen Idealen, überholten Ideen?
Wollt ihr nicht
ein modernes Leben voller Hoffnung, voller Streben?
Was sollen euch diese altertümlichen Werte,
die ihr nicht mal mehr begreifen könnt,
geschweige denn spürt, schon geben?
Wünscht ihr nicht, in Luxussingleappartements zu leben?

Wollt ihr euch nicht von der Masse abheben?
Über den Wolken mit Jumbojets entschweben,
in ferne, faszinierende Länder
um Abenteuer und Fun zu erleben.

Die Nacht mahnt: „Reichtum, der nur nach außen besteht,
macht nicht glücklich, Anhäufung von Materiellem, das wie
zentnerschwere Last eure Seelen begräbt, macht nur süchtig
nach was anderem – ihr suchts in dem nächsten Gewinn,
doch in Wirklichkeit geht's um
die vollkommene Veränderung des Lebens,
geht's um den tieferen Sinn"

„Papperlapapp, Seele – ach so, tieferer Sinn, hoho, soll
der Mensch denn wieder in Strohhütten hausen,
soll er all die kulturellen Werte, die er errang,
tauschen gegen die Naivität des Banausen,
ist nicht mehr an Zivilisation das Ziel?
Bereits die Römer erfanden den Fließbeton und schufen
Gewaltiges. Ist nicht das Formen der Menschheit
höchste Macht, beglückt nicht die wider Ungestaltiges
geschöpfte herrliche Pracht?
Wäre die Rückkehr zu ärmlich, vormodernen Zeiten
nicht der allerschlimmste Unbill? Naiv, ungebildet, hohe
Kindersterblichkeit, Unterdrückung oder Erfolg, Karriere,
Freiheit, Glanz: so lautet der Deal –
schläg ein, wer will;
auf den Rest, der nichts begreift, geb ich nicht viel."

Die Nacht erinnert:
„Bereits Babel sollte in den Himmel reichen, heute sperren
wir die Opfer der Wohlstandsideologie in die Slums,
sie haben vor der westlichen Wirtschaft zu weichen."

„Niemals scheinen diese dummen Bauern zu verstehen,
wie sehr sie dem eigenem Glück im Wege stehen, nur wenn
wirklich alle sich nach den modernsten Techniken
und Gesetzen richten, wird das Paradies sein auf Erden
und exorbitanter Luxus statt schmählichem Verzichten."
Die Nacht schweigt.

Der Dämon heult: „Mörderin.
Willst du mit deiner Stille mich foppen,
willst du die drängenden und kreischenden Massen
tatsächlich mit dieser unhörbaren Stille stoppen?
Glaubst du wirklich, nur ein einziger dieser wahnsinnig
Rasenden wird zehn Sekunden still: das könnte er
nicht mal, wenn er will. Sofort sähe er dir
mitten ins Angesicht
und es schauderte ihn fürchterlich.
Ich bin der, den man liebt,
ich bin das, was allen gibt, ich bin weiß, schrill, leuchtend,
herrlich, beliebt, du bist rückständig, gefährlich und so
verschrien, dass in einer Million Jahren dir keiner vergibt."

Die Nacht schweigt.

„Du dreckige Nutte", brüllt da der Dämon,
„du und deine ganze Brut, diese widerliche, schmierige
Natur. Schau dir doch an, wie sie die armen Menschen
beutelt, wie genüsslich du mit deinen Kumpanen
Leben zerstörst, jeden ins Grab stößt
während du sie mit deinen schmalzigen Gesängen
von Schönheit betörst.
Hunderttausende erschlägst du
in einer Minute als Erdbeben,
auf Natur kann ich nur Katastrophe reimen, welch
betroffener Mensch hat nicht

die grauenhaften Bilder im Kopf,
von dicken Betonklötzen, über die ärmsten der Armen
in Haiti gestürzt, aus den Trümmern ragen die staubigen
Beine von kleinen Kindern, zerfetztes Fleisch der Frauen,
verzweifelte Retter, flehende Augen, größte Katastrophe seit
Bestehen der UN; die Kameras der Journalisten fingen deine
ganze Brutalität ein, jedem ist seit Mitte Jänner 2o1o klar:
Die Natur ist ein Schwein, und Nacht, Erde, Mond, Gott
gehören zum gleichen mörderischen Verein!"

Die Nacht, ganz ruhig, dreht sich um und geht.
Aus der Ferne, von den Bergen her, vernimmt der Dämon
ein Echo, es hallt wider aus einem Wolkenmeer:
„Unzivilisierte Strohhütten, baut Luxusappartements,
Fließbeton, Prachtbauten, Betonklötze, dumme Bauern
in Mega-Slums, Zivilisationsverlierer, Katastrophe,
verstaubte Hosenbeine, zerquetschtes Fleisch,
Mörderverein."

*

Haiti zählte seit langen zu den ärmsten Ländern der Welt,
seine Nähe zu den USA garantiert rasche Hilfe –
glaubt man;
eine Woche nach dem verheerenden Erdbeben sind die
Hilfsaktionen noch kaum koordiniert; nur zehn Minuten
vom Flugplatz ein Lager mit Verletzten erhielt weder
ausreichend medizinische Hilfe noch Wasser oder Brot.
Die US-Hilfskonvois wollen ohne starken bewaffneten
Begleitschutz den Flughafen nicht verlassen,
derweil vermehrt sich die Zahl der vor Hunger Plünderten;
nun müssen starke Truppenverbände nach Haiti,
die Hilfeleistenden zu schützen.
Jedenfalls braucht derart die Supermacht nicht fürchten –

nach den Jahren, in denen sie einen Diktator unterstütze,
weil der eine mögliche Revolution
des Volkes unterdrückte –
nun doch noch Anarchie in der Karibik zu erleben, oder gar
ein Straucheln des Volkes, unterstützt durch Kuba
und Venezuela, Richtung links.
Zumal die USA mit ihren Dumpingreisexporten nach Haiti
die dortige Landwirtschaft zerstörten, die Bauern in die
Slums drängten, Betonlager errichteten, aber keine Bagger
zurückließen oder schweres Gerät, zur späteren Nutzung
in dieser Disneywelt der Armut.
Pourt-au-Prince – ein riesiger Slum, errichtet um einen
Präsidentenpalast und eine Kathedrale herum, billigstes
Baumaterial, mittelalterliche Ausbeutungsstrukturen
verfeinert in der Moderne:
Hilfsorganisationen bekämpfen die Armut,
die das Wirtschaftssystem den Menschen antut –
was ist daran modern? So agierten jeher christliche Vereine,
geleitet von den Frauen der Reichen, die das Volk ausbluten
ließen, im Glauben an ihre rechtmäßige Herrschaft in
Gottes Namen oder im Namen des individuellen Strebens
nach Profit und Nutzen.
Ich glaube an das ehrliche Mitleid der hochherrschaftlichen
Damen, Gerechtigkeit findet sich freilich ebenso selten
in der modernen Welt.

*

Erdbeben in Haiti, eine der größten
Zivilisationskatastrophen
der jüngeren Menschheitsgeschichte.
Die Haitianer:
Ein tapferes Volk, das 1804 seine Kolonisten vertrieb,
sich selbst aus der Sklaverei befreiend, doch die Anwälte

der Reichen, der vertriebenen und enteigneten Franzosen,
forderten Entschädigungen – damit begann der Abstieg
in die bittere Armut dieser Menschen.

*

Der Dämon kehrt wohl genährt aus den Energiefeldern
des Schmerzes, der Hoffnungslosigkeit, der geballten Armut,
Verzweiflung und des Todes zurück.
Er ist ein Fäulnisdämon, der die Zersetzung betreibt,
der Leben in Humus verwandelt,
alles Lebendige in Schlamm und Moder zerfallen lässt,
er ist nicht mal in christlichem Sinn „böse",
der Tod gehört zum Leben, besser gesagt: das Leben
zählt zur Ewigkeit der Stille.
Da wir die Existent dieses Dämons jedoch verleugnen,
tummelt er sich ungeniert in den Bars herum, auf den
Fixertoiletten und zwischen den Jugendlichen in ihren
coolen Alkopop-Partys, er kitzelt die Nasen der Eliten
in Wirtschaft und Kunst und beliebt
manche Hand zu führen,
wo ein modernes Gedicht entsteht; von der Qualität her
müsste dies leicht erkannt werden,
der Jubel über den Verfall übertrifft die Freude am Wachsen
und Leben; der Dämon ist nicht böse, er zerfrisst und
zersetzt und verschlingt und liebt, da wir ihm nichts
entgegenhalten, auch das Töten – dieses wäre nämlich
ursprünglich keineswegs sein Metier, aber da
der Geist der Welt aufs Zerstören ausgerichtet ist
helfen nun alle Dämonen eifrig und freudestrahlend mit –
wobei das strahlende Gesicht eines Verwesungs-Dämons
einer geifernden, speicheltriefenden, lechzenden Fratze
gleicht: nicht böse, aber in seiner Obsession zu Zerfressen
und mit der Autorität des Weltgeistes gestärkt zu zerstören,

ungeniert mordend und genüsslich vernichtend.
Der Dämon legt schmatzend los:
„Mmh, Leichengestank, brackiges Wasser, stinkendes Blut,
eiternde Augen, amputierte Gliedmaßen, Massengräber
mich darein zu baden, wie die Milliardärsgattin
in Champagner und Milch,
mmh, he – was blickst du mich an, Nacht?
Du hast diese armen Teufel umgebracht, du mit deiner
Schwestererde, deinem Gott Tod, du brachtest Trauer,
Austilgung, Hilfeschreie, Armut, Not."

Die Nacht spricht nicht den Dämon an,
sie richtet ihre Worte
an den nächststehenden Mann: „Glaubt ihr wirklich an eure
Technik, vertreiben Halogen-Scheinwerfer die Dunkelheit
in euch? Helfen Make-up und Botox die Dürre in euren
Seelen zu vertreiben? Hilft Reichtum die Sinnlosigkeit der
Existenz zu verschleiern? Hilft die künstliche Schönheit der
Operationen und der Beautyprodukte die hässliche Seite
in euch zu übermalen? Helfen die In-Partys
die Einsamkeit in den Nächten zu verdrängen? Helfen die
Tausenden Schweinwerfer, die grell eure gekünstelten
Leben bescheinen, jeglichen Zweifel auszuknipsen?
Seid ihr glücklich?"

Der Mann, wie die meisten Männer der modernen Welt
ein mittelschwerer Narzisst, blickt zu Boden:
„Was passiert hier? Warum plötzlich fühl
ich mich schlecht?
Welch fauliger Hauch streifte Denken?
Eigentlich mache ich stets alles falsch.
Letztlich gelingt nichts auf Dauer mir richtig.
Mein Erfolg ist Illusion, stets lauern Konkurrenten,
die Früchte zu stehlen, mich beim Boss anzuschwärzen,

zu lügen, ich hätte ihre Ideen gestohlen,
ich muss schneller sein, die Konkurrenz zu verleumden,
vielleicht sogar hab ich wirklich die bessern Einfälle,
jedenfalls mache ich lieber die der anderen runter,
der Boss wirds kaum merken in seinem Kampf
mit dem eigenen Chef, aber eigentlich fällt mit nichts ein,
außerdem bin ich nicht besonders, nicht einmal gut.
Die andern sind haushoch überlegen, jedenfalls ich bin –
bedenk ich die vielen Fehler von früher – weder brillant
noch vollwertig, letztlich bin ich gar nichts wert.
Wozu wurde ich geboren? Vernichtet sollte ich werden
auf der Stelle, hätte besser gar nie existiert; wie meine
Gedanken mich quälen, wie hoffnungslos entsetzlich
ich mich fühle, was hat dieses Leben überhaupt
für einen Sinn?
Hoffentlich macht endlich wer mit mir Versager
rücksichtslos Schluss, wenn nicht, räum ich mich
selber weg – oder lieber: die Welt"
Die Mondin flüstert: „Bitte hasse dich nicht abgründig.
Sieh doch die Blumen, die duftend bei Nacht blühn,
fühl doch die Schönheit des Winds und der Stille.
Erkenne die Weisheit des Engels der Nacht."
Die Stimme des Narzissten tönt hohl:
„Nichts ist in mir als Ekel und Leere,
Überdruss und Langeweile lähmen jeden
meiner Schritte, Hässliches und Böses bewohnen
mein Haus, mit Abscheu blicke ich um mich,
Verdruss und Widerwille erfüllen mein innerstes Sein"

Der Wind säuselt: „Spürst du mein Atmen, den golden
friedvollen Herbstmorgen, die lachenden Sommerfarben,
die Ruhe des Winters, das lindgrüne Schmunzeln
des Frühlings? Und spürst du nicht diese Farben,
die Ruhe, den Frieden, diese wonnige Wärme in dir?"

Der Mann blickt kaum vom Boden auf:
„Was flirrt da umgarnend im Dunkel. Was sirrt nahe
und will mich benutzen – das kann nur der Teufel
selber in der Gestalt Gottes sein; dieser Gott, der,
wie die Weisen uns lehrten, Anspruch auf Allmacht
erhebt ohne Fragen, uns Kinder kastriert er und
notzüchtigt uns noch obendrein, pfui Gott, verdufte,
ich überstehe mein Nicht-Vorhandensein schon allein."

Der Dämon eilt in Siebenmeilenstiefeln herbei:
„Sachte ihr Früchtchen. Manipuliert mir den Mann nicht,
ich weiß besseren Rat, wie immer, hört nur gut zu..."

Der Mann scheint sich zu erfangen, starr richtet er
sich auf, blickt mit leeren Augen zu den Sternen,
stürmt mit mächtigen Schritten voran: „Ich habe es eilig,
sind noch tausend Sachen zu machen, keine Zeit zum
Spintisieren, Zeit ist inflationsgesichertes Gold;
kein Geist, der diese Welt trägt, ich kann sie erschaffen,
meine Aktien dürfen nicht wanken, im Glanz des Erfolges
bin ich nicht leer, ich bin wer und hab alles, und was ich
noch nicht hab, erweckt mein Begehr.
Wer stammelt von ‚sinnlos'– vorwärts heißt die Devise,
auf den Partys der Ultrareichen, den Charities
für die Wertlosen, die ach so Armen, ist immer was los."

*

In der Abwesenheit von Tag und Nacht, von Sommer
und Winter, den Farben und der Haut sitzt der Dämon
auf einem erloschenen Stern und singt:
„Ich bin die Schönheit. Ich bin der Erfolg.
Ich bin das Pikante, die Abwechslung,

das Frappante, das Besondere, der Spaß. Nichts hab ich mit
Langeweile zu tun, schon gar nichts mit Harmonie oder
gar totaler Herrschaft dieses Ungeheuers
dieses hierarchischen Gottes, der jeden zwingt, ihm
zu Willen zu sein. Ich habe einen freien Willen, und ich
lehre den Menschen, frei zu sein, ich bin die Hoffnung der
Menschheit und letztlich ihr wahrer, ihr einziger Gott."

Der Mensch knurrt:
„Ich zerstampfe das Schöne, das mich blendet
und fesselt; ich zermalme das angeblich Wahre, das mich
in seine Willkür, seine Herrschaft gar zwingt.
Ich spucke auf dieses vermeintlich Gute, das mit seinem
unsinnigen moralischen Gehabe einzig sich als mir
überlegen aufschwingt. Ich vertraue niemanden
außerhalb mir, nichts ist der Mensch als ein plünderndes,
mordendes, bestialisches, egoistischs Tier."

Eine Frau kreischt: „Ich bin eine Frau, also ein Mann,
glaubt denn ER wirklich, ich lasse ihn jemals an mich ran?
Bin ich verzweifelt, lese ich ein Glamourmagazin,
bin ich einsam hole ich mir einen muskulösen Stecher
ins Bett; bin ich unglücklich, plaudere ich mit meinem
Therapeuten kurz und nett."

Der Mann schreit: „Ich bin ein Mann, also Gott, weder Tod
noch Teufel fürchte ich, die Natur habe ich längst in
meiner Gewalt und Frauen verschlinge ich
oder zahle für ihre willfährigen Dienste
stets den geringsten Gehalt."

Begegnen sich Frau und Mann aber einmal,
erzählt die Mär,
ohne einzig Fassade und Macht zu erblicken,

zuckt der Mann augenblicklich zusammen,
duckt sich weg und schreit:
„Angst! Ich stürze! Angst, mir wird so flau!
Angst, ich falle und falle! Angst! Denn unendlich tief
geht's hinab, nichts hält mich, nichts fängt mich, was mir
widerfährt, weiß natürlich keiner so ganz genau."

Die Frau seufzt: „Ich vergehe, ich schmelze, nichts bleibt
von mir zurück, Angst, man erstickt mich, Angst, man
erdrückt mich, Angst, jede Hinwendung von mir
endet im Leid."

Der Mann tritt nach der Frau, er schießt nach ihr, sie fällt
auf die Knie, lockt: „Nur du, du bist der Beste, nur dich,
dich möchte ich in mir spüren, nur du bist der Größte,
nur dich will ich jemals und immer verführen."
Der Mann glaubt ihr natürlich, und verspricht dafür
sie schön zu finden bis in den Tod...

Nach sieben Monaten oder Jahren der Ehe
verlässt sie ihn, er hatte zu oft geschworen,
sie zu lieben, dabei immer nur seinen Vorteil
gesucht bzw. ihre Beziehungsarbeit –
die sie aus Angst anwendete, ihn zu verlieren
und alleine zu enden – ausgenutzt.
Jetzt ist sie am Ende und geht; er kramt
seinen Revolver hervor, erschießt sie, die beiden
Kinder, seine Eltern und 14 weitere ihm auf der Straße
im Weg stehende Personen; bevor die Polizei ihn
stellen kann jagt er mit stolzem Gesicht sich eine Kugel
in den Kopf, der Dämon ist plötzlich zur Stelle, ruft:
„Der dort wars, der Mann mit dem Bart und dem
Kopftuch, und dem Sprengstoffgürtel um den Bauch,
der seine Frau nicht an der allgemeinen Bildung

zur höheren Ehre des Wohlstands teilnehmen lässt!"
Dann bindet der Dämon sich einen Schlips, springt in
Oasen zwischen Zelten und Kamelen herum, stößt eine
Kupferlampe um und ruft: „Die Weißen, die Weißen,
sie haben uns die Frauen gestohlen und wollen unsere
muskulösen, harten Ärsche uns versohlen, kauft
Maschinenpistolen statt Couscous und macht
mit den Ungläubigen endlich Schluss!"

Die Nacht naht.
„Erkenn deinen Schmerz, Mensch, sieh deinen Schatten
und hasse nicht die anderen, statt dich deiner Wut
zu stellen, deiner Angst. Frag dich doch bitte, woher diese
stammt. Warum glaubst du, besonders und großartig sein
zu müssen, warum zerren in den dunklen Stunden derart
gewaltige Selbstzweifel und Lähmung an dir? Sieh an,
wo deine Furcht herstammt – spüre in dich hinein, warum
du meinst, deine vermeintliche Kleinheit mit Grandiosität
kompensieren zu müssen."

Mensch schreit:
„Ich bin nicht klein, sondern größer noch als Gott
und die Welt!"

Der Dämon betrachtet gelangweilt den verrottenden Dreck
unter seinen Fingerkrallen und ergänzt:
„Stärker als alle Natur ist mein Geist; kein Tier gleicht mir
an Klugheit, kein Baum hält meiner Logik stand,
kein Fluss strömt mächtiger als mein Denken, kolossaler ist
meine Weltschöpfung, als das Werk aller Götter zusammen.
Grenzenlos bin ich, einmalig und gut."

Eine Wiese murmelt:
„Raste dich aus, leg dich her, halte ein. Keiner meint, du

seist verächtlich klein. Frag dich doch bloß in der Stille
allein, woher die Zweifel stammen, warum du mit aller
Macht denkst,
du müsstest den ganzen Kosmos niederrammen."

Der Dämon gähnt. Mensch flüstert: „Ich halte die Stille
nicht aus, ich will tanzen, Partys feiern, Bungee-Springen,
ich will Karriere machen, Urlaub fahren, Preise erringen, bei
Super-Star-Shows mitsingen, Riesenschlangen bezwingen.
Ich will Erster sein, mir aus jedem Land selbst Souvenirs
mitbringen, ich will den Weltraum durchreisen, alle sieben
Achttausender bezwingen, will Mittelpunkt sein, Sieger,
Herrscher von tausenderlei Dingen."

Ein Baum breitet die Arme aus. „Komm, lehne an mir,
setz dich dann mit dem Rücken an meinen Stamm, rede dir
deine Sehnsüchte vom Herzen, berichte mir auch ehrlich
von den Schmerzen, dann höre meiner Geschichte zu,
versuche dich zu sammeln, verliere dich nicht in deinen
unendlichen Abgründen, raste auf der Erde in dir,
lehne dich gegen deinen Mond, glaube an die Schönheit
des Regens, an die Kraft des Frühlings und der Marillen,
die allen Wesen ureigen innewohnt.
Sei still. Öffne dein Herz, zerweine dein Leid, aber nicht
alles Wasser in dir, habe Vertrauen, ich bin bei dir."

Der Dämon dreht derweilen einen Film:
„Die Kirche ist schuld am Elend der Menschen.
Die patriarchale Struktur, die Unterordnung, die sexuelle
Unfreiheit, das Gerede von spiritueller Entrückung.
Werde frei Mensch! Lache über die Götter und deren
zu kleine Bestückung. Höflichkeit erzeugt Faschismus –
seid frech, tut was ihr wollt, steht so ein alter Kauz
euch im Weg auf dem Bahnsteig, erschlagt ihn,

ich schwöre euch bei meiner Seele:
das katapultiert euch zur allerhöchsten Entzückung!"

Mensch kennt sich nicht mehr aus, indessen bastelt
Dämon an einem Video, singt:
„Ich will alles und noch viel mehr, ich will alles, alles
und das ohne „bitte sehr".
Ich will jedes und das sofort, hemmt wer mein Wollen,
reagiere ich mit einer Anzeige, lieber aber mit Mord."
Danach klopft sich der Dämon auf die Schulter:
„Wie rockig das klingt, wie poppig, könnte
die neue Bundeshymne werden."

Die Nacht schaut dem Menschen direkt in die Augen.
Diesmal hält er dem Blick stand,
dann beginnt ein Ziehen, ein leichtes Kribbeln, ein Zucken,
bis er gebeutelt wird wie ein Südsee-Insulaner bei einer
Teufelsaustreibung: „Mein Gott, ich fühle nichts!
Bin ich schon Tod? Ich weiß, wie die Dinge
schmecken sollten, nämlich Kaviar ist teuer und Garnelen
schmecken gut, aber ich rieche nichts, spüre den Wind
nicht auf meiner Haut, fühle vor allem keine Emotionen:
ich sage, „Mitgefühl", aber weiß nicht, was das ist,
ich sage „Freude", aber habe nur Bilder im Kopf vom Erfolg
und dem Sieg, ich hauche „Liebe" aber nehme bestenfalls
die Gier wahr und Zorn, beim Geschlechtsakt dann fehlt die
Wildheit, die Leidenschaft, die aus dem Bauch stammt,
ich habe bloß Bilder im Kopf, wie man korrekt kommt,
aber tief befriedigt fühl ich mich nie.
Ich belächle jeden, der von Vertrauen spricht, denn ich
kenne nur Berechnung; ich misstraue,
denn was mich berührt,
das will mich missbrauchen oder
hat mich schon manipuliert,

ich hasse extrem jeden, der sich verständnisvoll aufführt,
keiner versteht mich, schon gar nicht ich selbst.
Wer bin ich?"

Die Nacht tröstet: „Halte das aus, lass die Wahrheit heraus,
sonst verfaulst du von inneren her und dein ganzes Leben
bleibt glamouröser Schein, bis du verdorrt bist,
kalt wie ein bunt lackierter kalter Stein."

Der Dämon schaltet die Gerichte ein wegen Verleumdung,
er klagt die Nacht wegen übler Nachrede, Rufschädigung,
religiösem Wahn und Kreditschädigung.
Die Gerichte verurteilen die Nacht, die Mondin, die Wälder,
Berge und Bären, allein, `s ist der Nacht wurscht, sie
spricht: „Mach so weiter, Mensch, du bist dir nahe,
nun verzeih dir,
du bist nicht im Innersten schlecht, du machst Fehler,
nicht weil du unfähig bist, schwach oder nutzlos, du lernst,
du wächst, du entwickelst dich fort."

Der Dämon ruft alle andern herbei:
„Ich bin viele. Immer bin ich einer und viele.
Mein Name ist Legion. Aber geht mir nicht am Arsch
mit dem Teufel, glaubt ihr wirklich, wir dulden einen Boss?
Jeder von uns ist allgegenwärtig und allwissend,
ist Heuchler, Helfershelfer, Verführer, Zerstörer,
in einem Moment winzig klein, dann riesig groß!"

Die Nacht wacht aufmerksam über die Aussagen,
berichtet: „Allwissend bist du keineswegs Dämon,
auch nicht unendlich. Allenfalls grenzenlos eingebildet
und eitel bemüht, stets am rechten Ort zu sein, wo
negative Energien sich bündeln. Natürlich bist du viele.
Du bist ja letztlich kein Einzelwesen, sondern die

negative Form der Lebensenergie; du bist Auflösung und
Verrottung, Zerstörung und Verfall. Du hast deine
notwendigen Aufgaben, aber du weißt nichts
von der Liebe, dem Wachsen und der Freude am Leben.
Herrscht du, verkümmert das Sein."

Die Vielen stürmen los, kaufen einem Kleinkind
einen Laptop, elektronische Rasseln, eine Puppe,
die drei Fremdsprachen spricht, ein Abonnement für
zwei Eliteinternate, die Mutter beugt sich über die Wiege,
ist das Kind wohl gesund, kann es nicht sprechen mit zwei
Monaten schon, wann macht es den ersten Schritt?
Die Nachbarin feixt, der Mann verweist auf die Zukunft
und die beinharte Konkurrenz, eine Frau schminkt
ihr Kleinkind, berührt es ausschließlich mit Stiften
und Pinsel, ein Vater streichelt sein zu schönes Kind,
niemand rügt die Kinder, keiner zwingt sie,
gehorsam und unterwürfig zu sein, keine strengen
Hierarchien, keine Gefügigkeit, das wäre rückständig,
der fortschrittlichen Gesinnung zukünftiger Auslesen
der Wirtschaft nicht würdig.

Der Reifende fragt sich, „Woher stammt die Angst?
Warum war die Berührung meiner Mutter so lau?
Warum war sie so eingebildet deswegen, dass ich
sie brauchte? Da waren kaum Schläge, keine direkte
Unterwerfung, warum aber war ich innerlich so hohl
und voll Angst? Was hat mich getötet, als ich kaum
laufen konnte? Was nahm mir mein Leben, bevor ich
dieses überhaupt wahrnahm?"

Die Nacht stimmt ein Lied an, die Tränen fließen,
der Schmerz einer verlorenen Kindheit, das
Grundlebensgefühl von Sentimentalität und Leere,
von Angst und Melancholie wandelt sich zu
unmittelbar erlebtem Schmerz.
Mit einem Mal wird das Leben greifbar, ist Realität da,
statt ein Scherenschnitt vom perfekten Leben im Kopf,
Gefühl bricht sich die Bahn, Echtheit.
Da schreit der Dämon: „Eure Angst stammt von
den Menschen mit den gutturalen Lauten, ihre braune
Haut schockiert euch, dass sie in Gruppen auf der Straße
zusammenstehen, statt alleine durchs Leben zu gehen,
ihre blitzenden Augen irritieren euch, sie haben`s auf euer
Eigentum abgesehen, auf eure Frauen, euren Wohlstand,
euer Glück. Schickt sie dorthin wo der Pfeffer wächst
zurück und ihr werdet sehen, dann, aber nur dann,
wird es euch gleich viel besser gehen!"
Und er hört ein Echo: „Die Ungeimpften sind schuld!
Alle sollen sie sich anstecken und sterben gehen!"

*

In den Nachrichten zeigte man 24-mal die Rettung eines
25-jährigen unter einem Hotel verschütteten Haitianers,
dreißig der hübschesten Superstars pro Land riefen auf,
zu spenden für die Opfer der Natur, selbst im kleinen
Österreich versammelte sich die Künstler-Elite, auf dass
sie den Obolus des Volkes huldvoll entgegennahm.
Von der Zerstörung der haitianischen Landwirtschaft
sprach keiner, schon gar nicht in den Nachrichten, dort
zeigte man Aufnahmen kleiner verschreckter Kinder.
Keiner sprach darüber, wie die Wirtschaft der Weißen,
der Reichen, sie in die Slums getrieben hatte, wo nun
die Billigbauten ihre Eltern erschlugen,

15oo kinderlose Paare pro Monat stellten sich an, die
persönliche Fruchtlosigkeit aus dem Menschenreservoir
der Karibik heraus zu bezwingen.
„Ich will alles und noch viel mehr", singt eine Künstlerin,
wir öffnen unsere Herzen, wir geben uns den Nachrichten
hin, das Schlimmste wäre Anarchie, unser ehrliches Mitleid
wird von keinerlei Informationen über die Situation und
Geschichte der Haitianer geadelt: aber wir wissen nun,
wozu wir die Zivilisation so dringend benötigen und unsre
attraktiven SchauspielerInnen und KünstlerInnen.

*

Der Reifende lässt sich nicht ablenken,
wiederrum fragt er: „Woher stammt der Schmerz?
Wer tat mir das alles an, wer trägt die Schuld,
wer brach mein Herz?"
Die Nacht mahnt: „Mach deine Eltern nicht verantwortlich.
Ein Kind ist wie ein Pfeil, der von den Eltern abgeschossen,
einmal zu Boden fällt, von dort ab, muss es selbst gehen
und seine Richtung suchen, du machst es dir unnötig
schwer, ewig auf die Vergangenheit zu fluchen,
auf die Gesellschaft,
die Alten, den Kapitalismus, die Macht, euer Leid ist
verständlich, aber ihr verlängert die Nacht, wo ihr nicht
aus euren Fehlern lernt, sondern euren Schmerz in die Welt
hinausschnellt, wenn ihr ihn zu kompensieren sucht
mittels viel Geld, wenn ihr statt zu wachsen, den Weg der
Zerstörung wählt, wenn ihr andere verletzt, wie ihr
geschunden wurdet, wenn ihr Beziehungen zerbrecht,
wie ihr gebrochen wurdet, wenn ihr glaubt, wegen
eurer schlimmen Vergangenheit euch das Recht
herausnehmen zu können, andere, meist Schwächere,
zu schlagen, wenn ihr nicht aufhört zu klagen, nicht

endlich zu hören versucht, was Nebel, Mond, Sonne
und ich euch versuchen zu sagen."

Der Suchende nickt, der Dämon verzieht nochmals
blöd grienend das Gesicht;
dann stimmt die Nacht ein Lied an:
„Schönheit ist in der Welt,
Schönheit ist um dich,
ist überall, und in dir ist Schönheit, in Schönheit bist du."

Der Dämon macht ein paar obszöne Gesten.
Die Nacht fährt ruhig fort: „Sing mit, du wirst sehen,
wie das Licht einkehrt, singen wir in der Stille zu dritt.
Heilig, heilig: heilig sind die erhabenen Berge, heilig ist der
Wind und der Schnee, heilig sind die kleinsten Kiesel und
die Erde, heilig ist das Wasser und der Klee,
Jasmin und der Schnee,
heilig die Wiesen, die Kräuter, heilig ist die Stille
und der See,
heilig der Wechsel der Jahreszeiten, heilig ..."
Der Dämon krächzt: „sind das Pissoir und das Bullenreiten,
heilig sind Heroin, Mord, Totschlag, Internetbetrug,
Impfpflicht, Scheiße und mit dem Teufel ein Tête-à-Tête."

Es singt: „Die Stille kennt die Schönheit. Sie ist ein Kind
des Himmels und der Erde, gezeugt im Licht der Mondin,
ausgetragen in der Freiheit der Stille. Sichtbar geworden
im Kristall funkelnder Lebensenergie, so quillt sie
aus dem Äther in die Seele, und von dort
zurück in die Welt."
Es singt: „Heilig ist die Schönheit, heilig ist die Stille, heilig
sind die Weisen, die Buddhas, das ewige Licht. Heilig ist
alles, weil alles das Getrennte überwand. Denn in
mystischer Einheit verschmolzen, ist nichts Einzelnes,

Getrenntes; die Summe der Dinge
aber in die Unendlichkeit projiziert,
ist der Inbegriff des männlichen Prinzips.
Heilig sind die Armen im schäbigen Gewand.
Heilig sind die Mitfühlenden, mit ruhig reichender Hand,
heilig sind die Propheten, heilig ist die Nacht mit ihrem
entrückten Gesicht. Heilig sind die Kühe, die Schlangen,
der Elefant, Jesus Christ, heilig sind die Schmetterlinge,
die Blumenwiesen, ein mystisches Gedicht."

*

Das Licht der Nacht weist strahlend den Weg:
„Die Mütter im Patriarchat waren entwertet, also
definierten sie sich über ihre Kinder, aber sie hassten
diese gleichzeitig, wie sie den eigenen Körper hassten –
so wie heute magersüchtige Models den Leib.
Unsre heutigen „Aufklärer" haben schon irgendwie Recht.
Strengste Disziplin und Ordnung erstickten die Menschen,
alles Lebendige erdrückte ein berechnender Geist,
den nur materielle Sicherheit und Aufschwung interessierte,
gestützt auf die Hierarchien der Kirchen, verdammte alles
Sinnliche, verbot Emotionen, trennte mit Härte und Schärfe
den eisernen Willen vom schwachen Fleisch. (Allerdings
verkörperte gerade das prosperierende Bürgertum selbst
all diese Untugenden. Steht ja die Aufklärung auch für
Kapitalismus und Gier.)
Schwach durften bestenfalls die Frauen sein und die
Kleinkinder – mit brutalen Methoden oft erzog man
den Knaben zum Macho, zum fühllosen Befehlsempfänger
für den Beutekrieg ums Vaterland und die vorherrschende
Industrie. Der Klerus unterstütze die Verdammung der
Sinne. Dem Christentum galt der Körper als teuflisch,
je mehr der Geist zum Intellekt mutierte,

desto drastischer separierte
sich der Verstand von den Leibern, behauptete gar die
einzige ideelle Quelle zu sein.
Die neuen Führer nannten ihre Ideologie
von der Herrschaft des Intellekts gar „Erleuchtung", doch
dieses Licht diente vor allem dem Kalkül und der Entfaltung
des Kapitals, gerne verschleiert als Wissenschaft, welche
allerdings hauptsächlich der Natur ihre Geheimnisse
zu entreißen versuchte, sie dem Bestzahlenden
feil zu bieten, wobei sie auf der Suche nach Essenzen
die Natur gleichgültig zerschlug.
Und heute zählen diejenigen zu den Unterdrückern, die in
Filmen und Büchern und von den Kanzeln der
Universitäten herabpredigen,
frühkapitalistisch bürgerliche Werte
wie Disziplin, Ordnung, Hierarchie,
Religion und körperliche
Härte seien verantwortlich für die aktuelle Misere.
Oder falsch angewendete Präfixe.
Die Unterdrückungsmechanismen haben sich gewandelt:
Statt mit Strenge erziehen Eltern heute oftmals
mit Verunsicherung, gerne auch reagieren sie nicht
auf die Grenzenlosigkeit ihrer Kinder, sie machen
Schuldgefühle, nehmen die Schutzbedürftigkeit und Angst
nicht wahr, überlasten die Kinder mit Problemen und
Sorgen, verschlingen sie oft als Ersatzpartner –
die Kinder, stolz darauf, verfallen einerseits dem
Größenwahn, anderseits immenser Angst, zudem sind
sie bei Gelegenheit Partner, werden aber bei nächster
Gelegenheit wieder
zum Kind degradiert, was sie ständig kränkt, verwirrt und
schließlich irre macht, zumal sie dem Elternteil,
das sie dermaßen behandelt, die Wut nicht zeigen dürfen,
da sie die totale Vernichtung fürchten.

Außerdem existiert ein Ich-Ideal, das nicht einem strengen Über-Ich entspricht, sondern bedrohlicher, unheimlicher diabolischer sich illusioniert.
So verdrängen die Kinder gewaltige
Anteile an Feindseligkeit,
die mörderisch in ihnen wütet, nach Außen geben sie
sich dennoch unbewegt, oftmals gänzlich leblos, was auch
daran liegt, dass der Großteil der Lebensenergie
verbraucht wird, die Wutimpulse zu kontrollieren...
Schließlich darf gar kein Gefühl mehr zugelassen werden –
jede Emotion könnte in Hass umschlagen: statt Gefühlen
werden Bilder von denselben generiert, übertrieben
dargestellt oder in anderen Lebensbereichen als uncool
verpönt. Wo nichts gefühlt wird, ist die Gefahr der
Ausbeutung besonders groß. Es fehlt das natürliche
Bewusstsein dafür,
was falsch und richtig ist eben so sehr, wie überhaupt
das Gefühl für Grenzen. Also beutet man aus und
wird ausgenutzt. Gerne auch braucht man sich selbst bis zur
Erschöpfung auf. Zudem sorgt sexuelle Indifferenz durch
die Divers-Diskussion für Verunsicherung.
Und die Cancel-Kultur,
die Unliebsames löscht statt sich ihm zu stellen, trägt zur
Identitätsdiffusion ihr Quäntchen bei.
Trotz des ganzen Tamtams um die Lebenslust und das
In-Sein und der erreichten Karriereziele und daraus
resultierenden Zuwendung ist fast keiner wirklich
glücklich...

Was Not tut, ist das Durchschauen der Selbstlügen und
der Weg hin zu einem ungekünstelten, ganzen Sein.

Kind: „Was hat das alles mit mir zu tun? Ich bin schön,
bin erfolgreich und jung, sexuell höchst aktiv, nur bei

den anderen läuft immer alles schief, sodass nichts,
aber auch gar nichts zusammengeht.
Daran trage ich keine Schuld, allen fehlt die Geduld
dauernd schwätzen sie,
bis wer was versteht, ist es längst zu spät."

Mit Nachsicht sagt die Nacht: „Höre in dich rein, siehst du
nicht den brennenden Schein?"

Eine Frau tobt:
„Weg mit den Bösen, die Guten an die Macht!"
Sie winselt: „Ewig haben sie uns umgebracht, jetzt erledigen
wir sie, heute oder nie!"
Die Nacht sieht, wie sie nach innen lacht. „Ich bin die
Größte, beherrsche die Magie, ich bekämpfe das Übel, habe
die Herrschaft des Guten zum Ziel.
Mit meinen Gedanken beeinflusse ich die schlechten
Politiker dieser Welt, mit tödlichem Hass verfolge ich,
jeden der sich
der Heilung des Planeten in den Weg stellt."

Eine andere gibt sich zurückhaltender: „Ich habe alle
Ausbildungen gemacht, vom Schamanismus bis zu den
Geheimnissen der Nacht, ein Heiler hat meine Energien
gebündelt, ein Schamane mir recht günstig einen bunten
Thron zum Meditieren gebastelt, wohl habe ich dafür keine
Zeit, muss meine Schüler unterrichten, den Energetiker
regelmäßig aufsuchen, meinem Meister
meine Fortschritte berichten.
Er ist die Reinkarnation eines Gottes, er sagt, ich sei die
sensibelste seiner Jüngerinnen, meine Beziehungen habe ich
allesamt abgebrochen, es soll keine unnütze Zeit verrinnen,
ich spüre ich bin zu viel Höherem berufen, als zum
alltäglichen Leben – ich weiß das 1oo-prozentig, fühle es
ganz tief drinnen."

Der Dämon ruft: „Dort, dort in jenem Haus wohnen
Ungläubige, sie sind unspirituell und deshalb verdächtig,
wahrscheinlich von Dämonen besetzt!"
Die Gutgläubigen rotten sich zusammen, entzünden
Fackeln statt des Lichtes und rollen brummend auf
das Haus des Bösen zu, vorneweg schreiten mächtige
Gestalten, skandieren Parolen und Sätze des Throns;
der Dämon prahlt mit der Kenntnis der neuen Weisheit,
imponiert folgt ihm die bange Masse – das neue Recht
kennt mit Abtrünnigen nicht das geringste Pardon.
gute Geister stehen dem Führer angeblich zur Seite
und man sah ihn bereits manches Wunder tun.

Der Größenwahn hatte gar die Seelen verschlungen,
das Dunkel hatte Stämme, Vögel, die Meere
niedergerungen, das künstliche Licht der Moderne war
dem grellen Strahl der weißen Dämonen gewichen;
blendend, glatt und kalt wurden alle Beziehungen
gestrichen, die Nacht wurde gebannt, durch ununterbrochen
leuchtende Feuer verbrannt, den weißen Dämonen der
Trennung und Distanz wurde so lange nachgerannt, bis
niemand mehr seine eigenen Kinder kannte, noch
die Namen der Flüsse im Heimatland.

Teil 4
Der szientistische Mensch
oder: Corona und die Folgen

1.

Natürlich sollte die Natur gerettet werden,
das Klima, die Erde, die Arten.
Es wurde eine Skischaukel eingerichtet
in den schönsten Bergen der Alpen
zwei Megaskigebiete miteinander legiert
die störenden Bäume kamen weg
ein kleiner unbedeutender Gipfel wurde
um die neue Bergstation zu errichten
gesprengt – Lob sei Gott Nobel
doch allerorts wurde auch eifrig geforscht.
Wie Pilze wuchsen Startups aus dem Boden
und gern speziell wurden die Eigenschaften
von Pilzen untersucht: manche konnten als neue
Baustoffe gezüchtet werden – feste, haltbare Wände
das Myzel dann getötet.
Andere ebenso genverändert bewirkten Wichtiges.
Und dann die große Hoffnung: Pilze fressen Plastik.
Sie verdauen es, die Reporter hofften selig...
Bloß die Forscher selbst lächelten verschämt:
„nun, die Mengen im Meer, wohl zu gewaltig
um wogende Mengen an Pilzen hineinzuschütten;
aber die Pilze schmecken gut
fast wie Parasol oder Steinpilz" – im Selbstversuch: pfui!

Ja, wusste man, die Welt muss nun schnell gerettet werden
eilig das Klima zurückverändert, der Meeresspiegel gesenkt
undzwarsofort.
Die Technik muss sich rascher entwickeln,
Forschung, Bildung, Mikrochips unter der Haut
damit man kassalos einkaufen kann –
bald, damit man überhaupt einkaufen konnte

sofern man ein Konto bzw. Arbeit besaß.
Die Influencer trommelten es eilig:
„Natürlich gehen mit der Digitalisierung
Arbeitsplätze verloren, aber für jeden entstehen neue –
vor ein paar Jahren gab es 5oo Yogalehrer, jetzt 2o.ooo",
und dann wurden alle Yogalehrer oder Reiki Meister.
Verflixterweise fanden sich keine Arbeiter, die
Honorar zahlen konnten; die Maschinen waren
Unersetzlich geworden; den Menschen fehlte der Mut
der Verzweiflung – sie saßen vor ihren Bildschirmen und
stierten auf die Werbung.
„Niemals zu teuer kaufen" lautete das Credo
„und erst recht keine Fair-Trade Produkte –
das Geld kriegen eh immer die Reichen, kommt ja nicht
dort unten an – also wozu den Kaffee um 2o % teurer
aus dem Supermarkt holen".
Doch jeder besaß einen Cappuccino Automaten
auf den man recht stolz war und kredenzte dem Besucher
edelste Melangen aus Metall Kapseln – der Preis dafür:
zerstörte Umwelt. Ein Kilo aus dem Aluminium
gestäubter Kaffee kostete zudem 1oo % mehr
als die luxuriöste Fair Trade Marke.

Die Technik wird schon alles retten;
was noch nicht gelöst ist, wird sie beantworten:
wohin mit dem Atommüll, wohin die entsorgten Batterien
der Elektroautos, deren Herstellung bereits
so viel Energie verschlang, dass ein Diesel PKW
einhunderttausend Kilometer damit CO_2 äquivalent
zurücklegen konnte – welch Fortschritt!
Überall wurde emsig geforscht und Lithium abgebaut.
In den argentinischen Salzseen – die Indiginen,
deren Lebensraum zerstört wurde
hatten halt Pech bzw. giftigen Staub:

niemand stellt sich ungestraft dem Fortschritt entgegen.
Allerorts wurde geschürft und geforscht
und aufgebaut und abgebaut – für die Windräder
braucht man Speicherzellen und auch für die
alles überwuchernden Sonnenenergie-Kollektoren.
Wälder wurden gerodet, um Platz für die
Windenergiegeninnung zu schaffen.
Alle gaben sich derart modern und energieversessen;
der Strom floss in Strömen und die Damen und Herren
der E-Wirtschaft rieben sich die Hände und die Autobauer,
die insgeheim natürlich Gott Mammon
dafür dankten, endlich Arbeiter entlassen zu können
denn E-Autos brauchten weniger Arbeitsschritte
und aus streng geheimen Studien war ersichtlich
was der Club of Rome Bericht 5o Jahre zuvor schon
prognostiziert hatte: das Erdöl ging tatsächlich zu Ende.
Aber nicht die Kohle, mit der man die Batterien
in China herstellte, nicht die Kohle in Australien,
das für einige Monate lang in Flammen stand –
bis endlich die Bürger die Schreie der verbrennenden
Koalas nicht mehr ertrugen und die Regierung unter
Druck setzten, endlich den Klimawandel anzuerkennen.
In Australien kehrte das Gesetz des Karma
die Auswirkungen am deutlichsten zurück zum
Verursacher. Die herzigen Koalas, in den Eukalyptus
Bäumen verschmort, lehrten die Menschen –
aber wie immer halt nur: kurz.
Der Fortschritt war unaufhaltsam geworden:
revolutionäre Technik, bahnbrechende Medizin, noch
innovativere Motoren; effizientere Antriebssysteme...
Und keiner sagte: Halt!

Jede Woche zeigte das Fernsehen
die nagelneueste Therapie gegen den Krebs.

Energiebündel gezielt gegen den Tumor geschossen,
und Mittel, die bewirken, dass
das Anti-Krebs Medikament genau am Tumor ansetzt
und neuartige Operationstechniken
und Stimulatoren gegen Alzheimer, und dies und das
lauter unverzichtbare Medikamente und Techniken
die es ohne moderne Welt und die Strahlen und Sorgen
und die Chemie in ihr gar nicht geben bräuchte.
Doch die Neuerungen waren so zahlreich,
die Hoffnungen derart gewaltig –
wie hätte man auf sie verzichten sollen?
Zwischendurch verlor die Jugend sich im Rauschexzess.
Der eingepferchte Mensch vegetiert zwischen Algorithmen,
die seine Schulreife bestätigten, bis zum Algorithmus
für die Anerkennung des Pensionsantritts.
Dazwischen galt man leicht als verzichtbar –
wem sollte man verdenken, dass er sich lieber
in der Phantasie des Drogenrausches verlor?

Zurück in ein erfülltes Leben fanden immer weniger
wie insgesamt es zunehmend schwierig wurde
ein Leben bzw. dessen Forderungen zu erfüllen...

Ständig weiter, forscher, nicht zurückblicken, nicht
innehalten; schon gar nicht gegen den Strom schwimmen,
schön wirken, erfolgreich, sich gut verkaufen.
Die Gesellschaft der Selbstanbieter bot den größten
Wachstumsmarkt. Influencer sein, den andern erzählen,
wie man sich schminkt,
und wo man die Klamotten herhätte;
war man nur ausreichend hübsch, dass man in den sozialen
Medien genügend Follower zählte, ein Traumjob...
Allerdings gab es viele, sehr viele, die sich nicht besonders
gut vermarkteten, manche wollten's auch gar nicht.

Es wurde enger...

Grenzen des Wachstums hieß der Club of Rome Bericht.
Dachte wer an die Grenzen des Wachstumes
der Wissenschaft?
Muss alles erfunden werden, was sich erfinden ließ?
Erbgutveränderung, 5 G für kommunizierende Geräte?
Laborviren, die letaler wirken als die normalen?
Gentechnisch veränderte Impfstoffe und selbstfahrende
Fahrzeuge? Vernetzte Haushaltsgeräte?
Die Leute redeten nicht mehr miteinander
aber ihre Kühlschränke sollten das tun?

Einen Schritt zurück machen,
dann einen neuen Weg einschlagen – weniger
verbrauchen, weniger sich als Homo Ökonomikus
nach der Fasson der Werbeindustrie gerieren,
nicht unstillbar hungriges Kleinkind sein,
das – angeblich – immer mehr will und braucht:
bei genügend Geborgenheit ist bei vollem Magen
der Hunger gestillt... nur wer Mangel fühlt, muss
ständig shoppen. Wer glücklich ist, braucht nicht
viel kaufen, benötigt wenig im Alltag –
jedenfalls kaum so viel, dass er damit die Erde auffrisst.

Zweit-Klässler übten eine Woche Handy-Fasten –
Achtjährige!
Die Lehrerin jubelte: „Sie redeten wieder miteinander
statt dauernd auf's Handy zu starren!"
Dann gab man ihnen diese Seelentöter wieder, statt
die aller Kinder einzusammeln und aus dem Fenster
zu schmeißen. Vorschulkinder beherrschen das Wischen
perfekt, obschon ihre Eltern ihnen noch den Hintern
auswischen müssen. Irgendwann war klar:
Diese Welt ist nicht mehr zu retten.

11.

Dann kam das Virus. Erst bestaunt als asiatische Exotik:
Vogelgrippe, SARS, Schweinepest, was auch immer –
hat sicher wieder nichts zu tun mit uns,
sagte auch die Regierung.
Alles fest im Griff, Infektionen gleich null.
Bis die Kurve in den Himmel stieg, steil immer steiler,
wie die Stapel der Särge in der Lombardei – der allerdings
himmelhöher getürmt wurde, inszeniert, um die Leut
folgsamer zu machen.

In Frankreich wurden die Alten aufgegeben; keine
Behandlung, wenns Virus in einem „Pflegeheim" ausbrach
– dorthin, wo die eilige Gesellschaft ihre Unnützen
verbrachte: Szientistischer Faschismus
lässt sich das nennen –
alles und jeder an einer Apparatur angeschlossen,
vermessen, gewogen und wenn zu leicht geworden
abgesteckt...
nur die Handyordnungsnummer bleibt.
1/3 der Toten in Frankreich stammen aus Altersheimen –
in der ersten Welle gezählt;
1/3 der Toten in Belgien aus „Pflege"heimen...
und in der Steiermark die Hälfte.
Schöne junge Welt in der wir leben, als wäre Gott ein Kind
und wer zu alt ist ein Schädling der Volksgemeinschaft.
Die Jungen deutschten uns also aus, dass wir uns um
die alten Potschochterln zu sorgen hätten – deshalb sollen
wir zuhaus bleiben, sie nur ja nicht anzustecken.
Doch in den Alten-KZs starben sie schneller als im Gas
und wir waren endlich die leidige Sorge los, wohin mit den
Unnützen. Wir wollen ja nicht sagen: unwertes Leben...

Zuhaus sollen wir bleiben, die Liebsten zu schützen,
die wir erst vorhin weggesperrt haben,
damit ja nicht die Krankenhäuser überbelastet würden, denn
so wären wir dann echte Verbrecher: die Gaunerei lag
allerdings darin, die Krankenhäuser zusammenzulegen, und
teure Intensivbetten einzusparen, damit Aktionäre Gewinne
einstreifen. Und Wissenschaftler Förderungen bekommen,
die uns dann erzählen, wie man im Wald optimierend
waldbadet, so halt, dass es wirklich hilft.
Nur wenn von der Wissenschaft erforscht und verschrieben
von Schulmedizinern: Kriegen wir bald den Wald
auch in Pillen?
Die Wissenschaft forscht weiter und wird
uns bald das Manna vom Himmel bringen,
hinunter zu uns Sündigern und geistig Schwachen auf
die niedere Erde, wo wir das Manna dann eingeimpft
bekommen und dann werden wir immer gesund und
niemals nie alt, weil ja ab einem gewissen Alter wir in
Pflegeanstalten verschwinden, bis dann das Virus uns holt
– nächstes Mal: Heißt es dann anders... und dann?
Pflegekräfte sind zu wenige vorhanden, weil der
Kapitalismus drauf setzt, dass alle
Männer und alle Frauen schuften
um sich ein bisserl Wohlstand und angebliche Freiheiten zu
gönnen wie Fernreisen und Smartphones;
allerdings solln wir jetzt ja lieber in Österreich urlauben
der gesunden Volkswirtschaft wegen.
Und die Alten werden derweil ins Pflegeheim abgeschoben
und 24 Stunden betreut in deren Isolation von Frauen aus
den Nachbarländern, die generell einen geringeren
Lebensstandard besitzen, als unsere mitteleuropäisch
reicheren Länder, und wir leisten uns Kakao und Kaffee
von Kindersklaven gepflückt und jedes Jahr das brandneue
Handy, von Kinderhänden aus den seltenen Erden
gegraben...

Und das nennen wir dann Demokratie und Freiheit und die
Alten dösen in den Pflegeanstalten vor sich hin –
werden bespaßt
und von aufopfernden Pflegerinnen betreut – aber die
haben eigentlich keine Zeit, und,
im wahrsten Sinne des Wortes,
nichts zu melden, denn fällt einer, die tagtäglich sich um
die Klienten kümmert, was auf, interessiert das niemand,
weil das Sagen haben die Ärzte, die diplomierten
Krankenschwestern mit deren (halb-)akademischem Wissen,
und nur das zählt, sowie das richtige Pulverl, egal obs
in Wirklichkeit der alte Mensch verträgt, denn das wüssten
die Pflegerinnen, aber die haben nix zu sagen, und sind uns
in Corona Zeiten ja so wichtig...
Nichtsdestoweniger: eh wurscht – demnächst erledigt
alles – d.h. gibt Pulverl und Papperl –
der liebe Onkel Pflegeroboter.
Und geshoppt wird auch nur ausschließlich per Internet
und überhaupt brauchen sich Roboter nicht die Hände zu
waschen, sind also die besseren Menschen...

Ach, ja – und dann die Kosten... sind uns egal,
posaunte die Regierung,
selbst der kleine, junge Mann mit den schmalen Schultern
schien zu poltern: koste es, was es wolle; bloß: wem
kostet es dann? Den Superreichen? Den Reichen?
Den Aktionären der Chemiefirmen?
Oder eher den Arbeitslosen; Obdachlosen,
Mindestpensionisten und -innen?
Von denen es so viele gibt – von denen gar täglich
mehr werden, während die Handvoll Superreiche:
die muss man schützen, sonst flüchten sie wie das
scheue Reh ins Ausland. Wo man sie natürlich ebenfalls
recht einfach besteuern könnte...

Aber dann springen sie flux über die Grenze zurück
zu uns ohne zwei Wochen in Quarantäne zu müssen.
Es ist halt nicht möglich, die Reichen zu belasten.
Sie rinnen wie goldenes Wasser zwischen die Finger
hindurch immer dorthin, wo man ihnen am meisten
entgegenkommt bzw. in den Arsch kriecht,
sänge der liebe Augustin.
Frage: werden die Besitzer der Läden und Großbetriebe,
denen man wegen der Corona Krise die Kurzarbeitsgehälter
der Angestellten und Arbeiter nachschmeißt
auch zur Kasse gebeten?
Müssen die erst ihre Perserteppiche und goldene Uhren
und Luxusschlitten angeben und verkaufen und dann
kriegen sie Stütze vom Staat bzw. Mindestsicherung für ihr
nicht vorhandenes unternehmerisches Risiko?
Und warum zahlen die Arbeitslosen jetzt bereits für die
Krise weil sie gerademal eine einmalige Abgeltung kriegten
aber das Arbeitslosengeld nicht generell erhöht wurde?
Immerhin müssen sie sich dafür ja versichern lassen;
bei wem zahlen Betriebe ein, dass sie in einer Krise
einfach Geld geschenkt bekommen?
Werden wir Mindestpensionisten und -innen und
Arbeitslosen und Arbeitslosinnen
und prekär Beschäftigen auf der ganzen Welt denn nun die
nächsten 7 Jahre die Krise zahlen?
Und vermutlich länger, statt dass uns die Schulden erlassen
werden, die Kreditraten usf., wie das anno dazumal
in der Antike geschah?
Oder wird, wie seit der Neuzeit üblich, die Schuldenlast
auf das Volk abgewälzt werden?
Im Mittelalter, dem ach so finsteren. gab es keine Zinsen
und Zinseszinsen, weil die wären
einem echten Christenmenschen
als unanständiges Teufelswerk erschienen, heut erscheinen

die Ausgeburten der Hölle hinter Glasscheiben
und flöten uns was von: wir seien ein Team und sollten alle
zusammenhalten, was heißt, dass die Vielen – der Armen,
jetzt bald die Kosten übernehmen...
Dann beim Bankomat könnte bald der Militärpolizist stehen
und uns dumme Tschapperln, die wir so gern Klopapier
hamstern und Germ, wegschicken.
Uns ist ja nicht zu trauen; wer weiß, heben wir in unserer
kindlichen Beschränktheit gar noch unser Geld ab
von den Banken, bis wer merkt:
es gibt das Geld gar nicht mehr, es wurde nicht verludert
oder verzockt, sondern ist in der Arbeit und bringt anderen
– nämlich den Reichen – die Gewinne.
Und da müsste der Herr Militärpolizist, ach, Verzeihung:
Volkspolizist schon scharf schießen, damit's nur ja keine
Unruhe wird. Also: A Ruh ist!
„Scheiß auf diese Leut, Geld- und Medien-Eliten, all diese
Bankrotteure auf unsere Kosten; wann endlich haben wir
genug und sagen denen frei ins Gesicht: Leckts uns
am Arsch!", feixte also der liebe Augustin der Apokalypse
und nahm den nächsten Schluck aus einer
Hoferweinflasche, bzw. Tetrapack, weil was anders kann
er sich eigentlich nicht leisten, aber naja – es gibt auch
Aktionen beim Spar oder bei Billa, auch wenn dort seine
Maske nicht gratis war...
aber er bekam dann eine schadhafte aus China günstiger,
damit man ihn nicht abstrafte.

Saftige Strafen setzte es, die mehr schmerzten, als
ebensolche Prügel; am Pranger standen die „Ungeimpften".
Wer prügelt die Reichen, fragt der liebe Augustin, für ihre
Verbrechen, wenigstens für den Raub an der Gemeinschaft?
Wenn sie mit Aktien und Leben spekulieren, auf fallende
Kurse setzen und aufs Unglück der Menschen, gehörten sie

zumindest auf eine originären Spießrutenlauf geschickt –
so kräht der liebe Augustin.
Aber es ist halt so, wie es ist: Die Moral, die Sitten
die Ehrlichkeit, die Solidarität – alles hin!
Alles ist längst hin!

111.

Ein Journalist und Autor klagt über die zu langsamen
voranschreitenden Impfungen.
Er, der Arme, litte an Diabetes und Bluthochdruck, also
sollte gefälligst vor allem er auf Hochdruck geimpft werden
ließ uns die neueste Impfromanze des ORF wissen
denn nur das Impfen macht frei, und das 30 mal
Händewaschen am Tag, und ja keine Berührung, und ja
einander nicht zu nahe kommen
das könnte grausam enden, mit unsittlichen Anträgen gar
und überhaupt seien wir Menschen unbelehrbar und
wie Tiere; man muss uns knebeln und distanzieren sonst
fallen wir alle übereinander her und vermehren uns oder
bringen uns wahlweise gegenseitig um.
Deshalb müssen die Intellektuellen herrschen
die, ohne Emotionen, die nur stets Sachlichen
die alles unter Kontrolle haben und Gewalt und das
dumme viehische einfache Volk versteht und ihm erklärt
was es besser sein lässt und was es gefälligst zu tun hat:
Nämlich sich impfen lassen und Pillen schlucken und
fett- und zuckerhaltige Nahrung konsumieren und dann
wiederum Tabletten gegen Bluthochdruck und Diabetes zu
schlucken: es lebe der Markt, das Kapital
und vor allem die Pharmaindustrie – sie lebe hoch!
Aber keinesfalls der Mensch oder die Natur.

Es kam noch ärger!
Den Impfskeptikern wurde unterstellt, sie seien schuld,
dass kleine Kinder keine Herzoperationen erhalten,
die armen Hascherln!
Die Intensivstationen voll, Eingriffe verschoben – nur
weil so viele sich unsolidarisch verhalten!

Kleine Kinder fressen diese Kriminellen, zumindest indirekt
reißen sie ihnen die kleinen süßen Herzchen heraus die
Banditen, die Impfverweigerer! Einsperren, zwangsimpfen,
strafen – bluten sollen sie, sich anstecken und sterben!
So lautete eine Hassrede einer Lehrerin vor der
Volksschulklasse: Konsequenzen setzte es keine –
vielleicht ein Lob vom Herrn Direktor!
Der Presseclub Concordia schrieb eine Beschwerde
ans Parlament wegen eines Satirikers
der nicht die Propaganda der Impfkartelle
nachratschte; wer Abweichendes bloggte, als die
Zeitungen vorgaben, wurde gesperrt wegen
Gesundheitsgefährdung.
Die Infamie war schrankenlos geworden, wie das
grenzenlose Ego der Moderne es vormodelliert hatte.

Agenten des Gesundheitswesens marschierten in
die Altersheime, den Pflegerinnen dort einzutrichtern,
dass sie keine Ärzte wären, keine Diagnosen erstellen
könnten, daher sie nie behaupten dürften, die Alten,
die unmittelbar nach der Impfung verstarben, seien nicht
an natürlicher, normaler Altersschwäche verschieden...
„Ungeimpfte" wurden zuhause eingesperrt,
auf unbestimmte Zeit,
ohne Gerichtsverhandlung,
(jeder kriminelle Fußfesselträger hatte es besser getroffen).
Nach dem vierten (!) Lockdown (wie die Kinder litten!)
gabs keine Gnade, kein Erbarmen;
doch nicht die Pharmaindustrie,
die zu wenig wirksame Gen-Injektionen uns andrehte
wurde gestraft, oder wurde als schuldig entlarvt,
und deren Netzwerke öffentlich angeprangert,
sondern die „Ungeimpften" wurden in intellektuellen
Satireshows vorgeführt...

Dass die Pharmaindustrie derart allmächtig agierte
verwunderte gar den lieben Augustin.

Die Tageszeitungen, alle gekapert auf den Kurs des
pharmazeutisch-industriellen Komplex`, schrieben
alltäglich dieselben Lügen.
Der ORF übte sich in Hetzreden gegen die
Gebührenzahler; die Propagandamaschine
wummerte derart gewaltig, als gelte es
einen Krieg zu gewinnen.
Nein: nicht den Krieg gegen den Virus – obschon
ja gern Krieg gegen die Natur geführt wurde...
Halt der Krieg gegen das Volk – das unbelehrbare,
widerspenstige, freche, das vermaledeite, das es
gilt zu biegen: Verschwörungstheoretiker, Fake-News
schleudernde Covidioten.
Augustin staunt: die sind ja lustiger als ich.
Dieser Impfboulevard kennt ja gar keine Skrupel,
wer bezahlt den dafür, schafft an?
Naja – dumme Frage: sie kriegen s Geld von der
Impfmafia, so wie der ORF und seine Mittäter.
Aber das wirklich lustige ist, denkt der Augustin
die werden fest auf die Mütze bekommen
nein, nicht die Leut, denen Gefängnis droht
wenn sie sich nicht impfen lassen, sondern die
Regierung, die die Bürger so verarscht...
und von den Grünen die Wähler?
Wie lustig – die Hälfte demonstriert gegen die
Grünen in der Regierung und den Maßnahmen mit.
Wie werden die allesamt staunen, wenn die Polizei
des Nussknacker Duos die ungeimpften Grünen
in die Gefängnisse zerrt.
Dann, denkt sich der liebe Augustin,
wird kein Stein auf dem anderen bleiben.

Da etabliert sich ja sowas wie ein neuer
Faschismus, ulkt mit einer Sorgenfalte
im Gesicht der liebe Augustin.
In dem arrogante Wissenschaftler den Ton
angeben, Generäle die Covid-Maßnahmen
koordinieren, während die korrupten Medien
Hosanna schreiben.
Die (von den Pharmakartellen) austauschbaren
Politiker klammern sich an den Rest der Macht.
Dergestalter Faschismus ist nicht rassistisch
sondern identitätspolitisch,
gibt vor, Minderheiten zu schützen
wenigstens in der Sprache
während er große Teile der Bevölkerung,
die nicht an die Hygieneordnung glauben,
Anfeindungen Preis gibt.
Dieser szientistische Faschismus
wurzelt in einer unwissenschaftlichen Ideologie:
nämlich der Allmacht und Allwissenheit
von (Teilen) der Wissenschaft.
Solcher Wissenschaft, die zerstört, zerspaltet,
seziert – das Leben von Grund auf hasst.
Zu den Fortschrittsfanatikern zählen nicht nur
die Sozialdemokraten, sondern paradoxerweise
auch die Kommunisten. Die sich von ihrer
Ideologie des Materialismus nicht lossagen.
Damit ergibt sich die skurrile Situation:
Selbst die Kommunisten unterstützen den
pharmazeutisch-industriellen Komplex –
also den pursten Kapitalismus.
Ah, macht da der liebe Augustin,
alles ist hin, alles ist hin.

IV.

Dann in ferner Zukunft werden die Esoteriker,
die heut schuld sind an der verschobenen
Herzoperation und den Tausenden anderen Toten
irgendwann die Macht ergreifen –
legal demokratisch gewählt.
Und all der Wahnsinn, der sich in den Köpfen
abspielt, all die Überlegenheitsdünkel der
anthropozentrischen Kultur werden sich in deren
Reihen wiederfinden in einem narzisstischen Gottesbild,
das grenzenlos das Ich mit Gott gleichsetzt.
Die Scheingurus und durch Nano-Chips und
Narzissmus zweimal geheiligten Avatare werden
die totale Allmacht aller 1ooo Chakras beschwören
und der Ein-Million-Welten und göttlich
verschmelzen mit geilster Technik, sodass am
Ende der pure Transhumanismus herrscht.

Dann allerdings steigen die Wasser, färbt sich
der Himmel rot – zwei ganze Tage und Nächte
und danach verdunkelt Qualm die Himmel
bis alles erstickt, ertrinkt, verbrennt und erfriert;
ja und dann ists aus und vorbei mit der Hybris
und o, du lieber Augustin
alles ist hin.

Nachfolge:

An den Bergzügen südlich Chinas regen sich wenige,
östlich des Urals ein Paar, in der Basmati Region des
Himalaya einige Sippen, in den Anden mehrere Dörfer,
so wie in Flecken des restlichen brasilianischen Urwaldes,
im ganz hohen Norden einige Samen, in Afrika viele,
einzelne Indianerstämme zwischen Kanada und
Michigan, fast alle Aborigines, auch die assimilierten...
Im zivilisierten Europa, China und den einstigen USA
lebt allerdings niemand, außer die Tiere.

Die Geläuterten knien schweigend; heben die Hände
zu den Göttern, dankend, liebevoll;
beten mit der Erde, lauschen dem Wind, den Feuern,
dem Ozean – und vielleicht, vielleicht beginnt alles
wieder, alles anders diesmal.
Im Jahr Zehntausendundacht.

Bemerkungen:

Trotz des vorliegende Texts, der unmissverständlich
von der drohenden Apokalypse kündet:
Das Leben ist schön.
Die Göttliche Mutter, Pacha Mama, wird die
ihr Anvertrauten, sie Liebenden
glimpflich durch die Krise bringen.
Das Positive, das die Corona-Pandemie offenbart, liegt
in der Klarheit, mit der sich Bedrohungen zeigen.
Die mafiösen Strukturen der Pharmaindustrie, verzahnt
mit Politik und Medien, Fortschrittsfanatikern und
Wissenschaftseliten treten in ihrer Gewalt hervor
und der Absicht, alles Ganzheitliche, Alternative,
Schöne und Lebendige zu vernichten.

Es wir ihnen nicht gelingen.

Inhalt

Foto: Tanja Zimmermann

Manfred Stangl, geb. 1959 in Graz; Absolvent der Ther. MilAk.
Später abgebrochene Studien der Philosophie, Germanistik,
Psychologie; Tätigkeiten als Journalist. Als Brotberuf Aufseher
im MAK, wo er in der Stille begriff, dass denken nicht zum
Erkennen der Wahrheit führt. Es folgten Jahre der Meditation
und schließlich die Heimkehr in Gott (Unio Mystica). Dann
verfasste er vier Gedichtbände, u.a. „Gesang des blauen
Augenvogels", sowie mystische Schriften. Leiter der edition
sonne und mond; Herausgabe zahlreicher Anthologien, etwa:
„Zwischen Mond und Moderne – Beiträge zur kulturellen
Ganzheit"; Verfasser der Ästhetik der Ganzheit (auf www.
sonneundmond.at oder pappelblatt.at zu lesen); seit 2o14
Herausgeber des Pappelblattes - Zeitschrift für Literatur
Menschenrechte und Spiritualität. Seit 2018 P.E.N.- Clubmitglied.
Lebt jetzt in Wien und dem Südburgenland.

„Ästhetik der Ganzheit"
Manfred Stangl

Obwohl Stangl überall das Positive vertritt, provoziert er den dogmatischen Vernünftler mit echtem Schwung und lässt so auch den Liebhaber der Satire manchmal hell auflachen. Man hat das Manifest von O. Wiener, des Kopfes der Wiener Gruppe, einst ein „Kultbuch" genannt. Mit mehr Recht könnte man der „Ästhetik der Ganzheit" von Manfred Stangl dieses Prädikat verleihen, denn Stangls Gedanken sind weiter und kohärenter ausgespannt als die des wissenschaftsgäubigen Oswald Wiener.

Martin Luksan

edition sonne und mond,
ISBN: 978-3-95o4897-2-9
2020, 416 S., 18,90 Euro

Direkt bestellbar unter
bestellungen@sonneundmond.at
oder Tel: +43(o)699-11446340

„Gesänge der Gräser"
Manfred Stangl

Die Gesänge der Gräser entführen uns in eine sachte, poetische Welt. Eine Welt voll Magie und Staunen, Schönheit und Lebendigkeit. Der zerrissenen und schrillen Gegenwart wird eine Art des Seins gegenübergestellt, in der es sich nicht nur für Dichter und Feen erfüllt leben lässt. Aus der Gewissheit der Beglückung heraus erfolgen die Klagen von Mutter Erde und der Nacht an eine sinistere, gierig gewordene, weltverschlingende Menschheit und die Warnung vor dem jähen Ende.

edition sonne und mond,
ISBN: 978-3-9504897-0-5
2019, 112 S, 12,30 Euro

Ganze Zeiten
Politik, Wissenschaft
und Kunst
in ganzheitlicher Schau
Editorials, Rezensionen
und offene Briefe
aus dem Pappelblatt
2013 – 2021,

„Ganze Zeiten" stellt das Unterfangen dar, die zerteilten Zeiten in dieser halben Welt, in der die Erde fehlt, zu einem Ganzen zu formen. Dies versucht der Autor mittels seiner Editorials aus der Literaturzeitschrift Pappelblatt, sowie durch Rezensionen, in denen die spirituelle Seite des Seins nicht zu kurz kommt. Und ebenso wenig die Kritik an den Immunisierungsstrategien des herrschenden Literaturapparats. Auf dass die Welt in der wir leben als eine schönere erblüht.

edition sonne und mond,
v. Manfred Stangl
TB, 112 Seiten, 12,30 Euro
ISBN: 978-3-9504897-6-7

Seelenlieder
Alternatives
Lyrikjahrbuch
2o2o – 2o21

Man kommt ins Blättern, Staunen, Innehalten, zufällig Von-Rechts-nach-Links oder Von-Unten-nach-Oben-Lesen. Und im ziellos neugierigen Lesen, ergibt sich die Offenheit als Empfänglichkeit für Poesie im Kopf oder besser: in der Seele des Lesers. Wie ein Gewirr von Gassen in einer alten Stadt, so entfalten sich die Gedichte in Manfred Stangls Zusammenstellung.

Peter Oberdorfer

Hrsg: Manfred Stangl,
edition sonne und mond,
Hardcover 176 Seiten, 18,90 Euro
ISBN: 978-3-9504897-7-4

Bewusstseinsinseln
Christian Wolf

Wenn ein junger Dichter hervortritt, der den destruktiven kulturellen Einflüssen sich entzieht, grenzt das schon an ein Wunder.

Zumal, wenn er, wie Christian Wolf, aus dem universitären Umfeld entspringt, also die Gehirnwäsche der Professoren dort heil überstanden hat, wenngleich wenigstens in den geisteswissenschaftlichen Studienzweigen einige vernünftige Professoren und Professorinnen antreffbar scheinen. Jedenfalls thematisiert Wolf gekonnt die Prozesse der Sinnentleerung der heutigen Welt, der Entfremdung, superlativer Scheinhaftigkeit, Optimierungsorgiastik und Selbstdarstellung. Dennoch oder gerade deshalb vermag er es, positiv zu bleiben: Den Blick auf die Tiefe der Natur zu richten, auf die Bäume, die Erde. Und auf die Liebe – zur Welt, zur Partnerin, der heißgeliebten. Trotz unserer sinistren Zeit geht also nichts verloren, funkelt der Pfad in die Schönheit verheißungsvoll.

Manfred Stangl

edition sonne und mond, 2021
ISBN: 978-3-9505097-0-0
80 S., 9,60 Euro

Gedichte von
Peter Sonnbichler

Wirf deine Krücke ins Abendrot!

Peter Sonnbichler vergisst die Tiere nicht. Und er beschwört eine Zeit, in der wir die Nachbarn kannten und deren Geschichten.

Als Allernächste begreift er Meer und Landschaft, Pflanzen und alle Lebewesen. So wundert es nicht, dass er seine lyrische Stimme erhebt gegen die Naturzerstörer. Und gegen jene Unmenschen, die auch die Sprache demolieren sowie die Erinnerung, auf dass nichts bleiben solle, als die nutznießende Sicht der Dinge, ihre Definition von Wertigkeiten und Glück. Daher ist dieses Werk so wichtig: Weil es vorm Verstummen bewahrt, weil es das Leise, Kleine, Anmutige davor schützt, überbrüllt zu werden.

Die Qualität des Dichters zeigt sich auch formal: Der spärliche Gerbrauch der Interpunktion folgt dem Gebot der Einfachheit, dient nicht eitel moderner Mode. Die sensiblen und zugleich kraftvollen Sätze lassen eine Welt sprießen, wie wir sie lange suchten, erinnern an die Vergangenheit und feiern das immerwährend Schöne.

Manfred Stangl

edition sonne und mond, 2020, 208 Seiten, 16,50 Euro, ISBN: 978-3-9504897-5-0

Die fliegenden Pferde von Wien

Phantastische Erzählungen
Michael Benaglio

Michael Benaglio verfasst gekonnt ganzheitliche Literatur. In gewissen Facetten schillert er stärker, als eines seiner Vorbilder, Stefano Benni: Die Nonchalance, mit der Benaglio Typen aus der Weltgeschichte mit lokalen Charakteren und Sagenfiguren in einem Text auftreten lässt, scheint einzigartig. In „Zeitsprung Grimmingtor" teilt Benaglio uns mit, dass vorgezeichnete Apokalypsen – heraufbeschworen durchs neoliberale Weltbild – mittels unsers Zutuns abgewendet werden können. Benaglio vermag lustig zu bleiben. Sein Humor ist weder zur zynischen reflexhaft-zitternden Molluske Marke Zeitgeistliteratur angeschwollen noch einsam verdorrt im erstickenden Starren auf die vermeintliche Schlechtigkeit der Welt – wie bei so vielen. So wird die prinzipielle Schönheit der Welt gefeiert, und dabei die mystische Ebene, die in der Gegenwartsliteratur streng tabu ist, glänzend gewürdigt. Die Kritik an einer Esoterik, die Heilung vorgaukelt, aber einzig zur Geschäftemacherei mutierte, kommt nicht zu kurz. Benaglio hofft auf eine selige Verquickung von echter Spiritualität mit politisch-ökologischem Engagement.

edition sonne und mond, 2020 240 Seiten, 17,30 Euro, ISBN: 978-3-9504897-3-6

Direkt bestellbar unter:
bestellungen@sonneundmond.at

Informationen zum Verein Sonne und Mond –
Förderungsverein für ganzheitliche Kunst und Ästhetik
sowie zusätzliche Buchtitel und die gesamte
„Ästhetik der Ganzheit" von Manfred Stangl
unter www.sonneundmond.at
oder www.pappelblatt.com